LORENA LENN

CÂND TRECUTUL REVINE

Timișoara, 2018

Descrierea CIP a Bibliotecii Naţionale a României
LENN, LORENA
    Când trecutul revine / Lorena Lenn. - Timişoara :
Stylished, 2018
    ISBN 978-606-94540-9-1

821.135.1

Editura STYLISHED
Timişoara, Judeţul Timiş
Calea Martirilor 1989, nr. 51/27
Tel.: (+40)727.07.49.48
www.stylishedbooks.ro

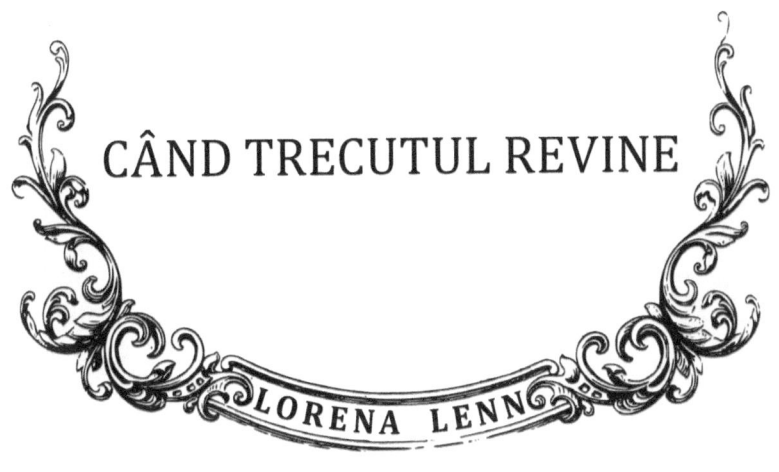

CÂND TRECUTUL REVINE

LORENA LENN

Pentru Silviu, cel mai iubitor soț.

Cu dragoste,

Lorena Lenn

Capitolul 1

Amintirile reveneau în mintea tinerei profesoare, Kelly Jones, în vârstă de douăzeci de ani, chiar şi acum, după patru ani de la producerea lor. Stând pe canapeaua confortabilă din biroul prietenei sale psiholog, Jane Lewis, retrăia acele momente oribile, momente care au marcat-o şi au traumatizat-o.

Kelly ştia că singura soluţie pentru a rămâne cu psihicul cât de cât în ordine era să apeleze la prietena ei, care o asculta cu atenţie.

Acele amintiri dureroase din mintea sa erau legate de vacanţa în care a fost împreună cu mama ei, Helena Jones şi cu sora sa mai mică, Ariana. Ele au fost în Maroc, acesta fiind o destinaţie exotică pe care au ţinut neapărat să o viziteze. În acea vacanţă au fost doar ele trei, singurele care mai formau familia Jones. Tatăl ei, Cord Jones, pilot de avion, a murit în urma unui accident aviatic, iar vacanţa era menită să le mai aducă zâmbetul celor trei femei, greu încercate de pierderea suferită.

Totul era minunat, până într-o zi când, în timp ce se aflau într-o piaţă căutând suveniruri pentru mătuşa Mary, au fost răpite de o grupare teroristă,

pentru a cere răscumpărare guvernului american.

Kelly şi-a închis ochii, amintindu-şi din nou cum au fost ţinute timp de o lună în tabăra acelor terorişti conduşi de Mohamed Al'Khalla, un bărbat masiv şi sever, care inspira teroare printr-o singură privire.

Pe el, Kelly îl ura cel mai mult şi dacă până atunci nu dorise moartea niciunui om, când l-a întâlnit îi dorea acestuia un sfârşit cât mai oribil pentru toate suferinţele prin care le-a făcut să treacă.

Tot ceea ce ele au avut de partea lor în acea lună de coşmar a fost speranţa. Speranţa că vor fi salvate şi că se vor întoarce la viaţa lor liniştită cât mai repede.

Kelly îşi amintea cum i se ordona să facă ordine într-o încăpere în care totul era gri şi trist. Mama ei, Helena şi sora ei, Ariana, erau în altă încăpere având misiunea de a găti pentru Mohamed şi ceilalţi care făceau parte din grupul lui.

Când a intrat în acea încăpere, aproape s-a izbit de un băiat cam la fel de tânăr ca ea, un băiat foarte frumos de altfel, brunet, cu ochii căprui şi un aer blând. El a prins-o uşor de umeri şi a

îndepărtat-o, iar Kelly a putut respira cu mai mare uşurinţă în clipa aceea.

Ei îi scăpase o scuză în limba engleză şi a fost surprinsă să îl audă răspunzându-i în limba ei:

-Nu-i nimic! i-a zis băiatul zâmbind, fiindcă fata avea un aer încurcat şi timid şi îl privea cu teamă.

El a trecut apoi pe lângă ea, privind-o încă o dată înainte să iasă de acolo, iar Kelly s-a certat în gând fiindcă rămăsese locului uimită pentru câteva secunde, privindu-l. Nu îi venea să creadă că în asemenea momente grele, inima ei a bătut mai repede la vederea unui terorist din grupul acela, unul care era, fără îndoială, la fel de ticălos ca ceilalţi.

Ea îşi făcea treaba în continuare, când în camera aceea a intrat un bărbat care i-a spus:

-Poţi să pleci de aici, te aşteaptă altele de făcut!

Kelly a tresărit la auzul glasului aceluia ca ...... la fel de întunecat ca persoana căreia ...... ea şi a vrut să iasă de acolo, dar a fost ...... tă de braţele puternice ale acelui bărbat.

-Ce-ai zice dacă ne-am distra puțin? i-a mai zis bărbatul, după care și-a lipit buzele de obrazul ei.

Kelly trecea de la o stare de panică la spaimă, iar inima ei bătea nebunește. A început să țipe și să se zbată, dar nu avea nicio șansă împotriva acelui bărbat matur și puternic.

El a început să își plimbe mâinile pe corpul ei, în ciuda eforturilor fetei de a-l respinge. Kelly simțea cum el îi sfâșie tricoul cu un cuțit pe care apoi i l-a pus la gât, făcându-i semn să tacă. Bărbatul acela o privea cu o poftă nebunească, iar ea își acoperea sânii cu mâinile, recunoscătoare că încă avea sutienul, însă tot se simțea expusă și rușinată.

Bărbatul acela nu s-ar fi oprit acolo, însă deodată, ușa s-a deschis cu putere, iar băiatul de mai devreme a apărut în prag, furios și cu o privire ucigătoare:

-Dă-i drumul, Omar, sau vei suporta consecințele! i-a zis el venind tot mai mult în interiorul camerei.

Omar a plecat furios, având o sclipire întunecată în privire.

Băiatul acela a venit spre ea:

-Ce s-a întâmplat? a întrebat cu un glas blând și cu o privire serioasă.

-Cred că e evident... pot să plec, te rog? i-a șoptit Kelly cu o privire rușinată, ținându-și în continuare brațele peste sâni în dorința de a-i acoperi.

-Ține ăsta, nu poți ieși așa de aici! i-a zis băiatul, dându-și tricoul jos și întinzându-l spre ea. Kelly a făcut ochii mari la vederea gestului său și s-a înroșit văzându-l la bustul gol. S-a întors repede cu spatele, între timp verificând rapid dacă o privește, dar a văzut că el era, la rândul lui, întors.

Simțind o urmă de recunoștință, Kelly și-a dat tricoul sfâșiat jos și l-a îmbrăcat pe al lui, știind că nu are altă soluție, simțindu-i parfumul, unul masculin și curat. S-a întors apoi spre el, iar băiatul a făcut același lucru, privind-o neîncetat:

-Ești bine? a întreabt-o cu un glas ușor răgușit.

-Acum sunt puțin mai bine. Mulțumesc! Trebuie să plec, mama și sora mea mă așteaptă, i-a răspuns Kelly, văzând că el zâmbește ușor.

-Nu ai pentru ce să îmi mulţumeşti! Poţi să pleci şi ţine-te departe de Omar, e periculos! a avertizat-o băiatul, apropiindu-se de ea şi mângâindu-i uşor obrazul, privind-o enigmatic. Apropo, eu sunt Rashid, fiul lui Mohamed şi nu sunt periculos, i-a mai zis apoi, retrăgându-şi mâna de pe obrazul ei.

-Am înţeles, dar tu deja ştii cine sunt, i-a spus Kelly tresărind, după care a plecat, trecând pe lângă el cu inima bătându-i puternic.

O irita faptul că el putea privi parcă dincolo de duritatea afişată de ea, iar când o privea, ceva în interiorul ei se nelinştea, dar se şi calma în acelaşi timp, iar Kelly nu îşi putea explica de ce. În mod sigur, Rashid Al'Khalla era periculos în felul său, a constatat Kelly.

Seara a venit, iar cele trei stăteau în saci de dormit într-o încăpere care era încuiată în fiecare noapte pe durata acelei luni de captivitate. De acolo de unde erau ele se auzeau strigătele acelor bărbaţi, care cu siguranţă petreceau.

-Rashid! a auzit Kelly clar şi, instinctiv, a încercat să înţeleagă ce se vorbea afară. Ea a mai auzit vocea lui Mohamed, care vorbea în limba arabă şi vocea lui Rashid, care vorbea în limba engleză.

-...

-Dar tată, trebuie să îl pedepseşti într-un fel pe Omar! A încercat să îi facă rău fetei!

-...

-Ştiu că e unul dintre cei mai buni oameni ai tăi, dar asta nu schimbă situaţia! a spus Rashid, iar Kelly simţea nervozitatea din vocea lui.

-...

-Cum poţi să spui asta?! Când am ajuns eu acolo, ea era speriată şi ţipa! Avea tricoul sfâşiat!

-...

-Nu e vorba de asta, aş fi făcut acelaşi lucru pentru oricine! a zis Rashid sigur pe el.

-...

-Bine! a zis Rashid, iar Kelly i-a auzit paşii venind spre camera în care erau ele. Kelly simţea că va muri de ruşine, căci cel puţin mama ei a auzise ceea ce a spus Rashid şi o privea cu îngrijorare.

Uşa camerei s-a deschis, iar Rashid a intrat cu

o hotărâre care i se putea citi pe chip.

-Vino cu mine... te rog! i-a zis, privind-o cu seriozitate.

-Ce vei face cu ea? a întrebat Helena furioasă.

-O voi aduce imediat înapoi, doamnă!

Kelly a observat privirea mamei ei. Pe de o parte era tristă, dar pe de altă parte era uimită, fiindcă el i s-a adresat astfel, cu respect.

Kelly l-a urmat apoi pe Rashid, simțind că bătăile inimii ei se intensifică, mai ales că el a privit-o preț de câteva secunde, ca semn de încurajare parcă. Au mers până în locul în care era Mohamed!

-Este adevărat ce a spus fiul meu, Rashid, despre tine? a întrebat privind-o cu o duritate care o înspăimânta.

-Da... vă rog să mă ascultați, nu vreau ca acel Omar să moară, ci doar să mă lase în pace...

O palmă care i-a atins obrazul în mod dureros i-a adus lacrimi în ochi lui Kelly și a trântit-o la pământ.

-Cine crezi că eşti să îţi permiţi să îţi dai cu părerea, te pomeneşti că aici e mănăstire şi nu ştiu eu? a întrebat el furios, fiindcă în afara unui ţipăt ascuţit fata nu mai zicea nimic, ci doar îl privea cu ură.

Rashid s-a aşezat lângă ea şi a ajutat-o să se ridice.

-Nu era nevoie să o loveşti, nu de asta am adus-o aici! a exclamat Rashid, simţind o nervozitate pe care abia şi-o putea explica. Kelly l-a privit recunoscătoare şi şi-a şters rapid o lacrimă care ameninţa să curgă pe obrazul ei roşu.

-Pleacă de lângă ea! Nu te vei pune împotriva mea doar ca să o aperi pe străina asta vicleană! a zis Mohamed, simţind că îi creşte furia. Omar rămâne unul dintre oamenii mei de bază, iar tu, Rashid, nu mai sta în apropierea ei. E doar o străină care vrea să sucească minţile bărbaţilor!

-Cum poţi vorbi aşa? Are doar şaisprezece ani! a zis Rashid, roşu la faţă de furie.

-Cele ca ea nu sunt ca femeile noastre, ele se întâlnesc cu bărbaţii încă de la vârste mai mici, a zis Mohamed pe un ton dispreţuitor.

Kelly simţea că ar vrea să se deschidă pământul în clipa aceea, iar ea să se poată ascunde. Atât se simţea de ruşinată de vorbele pe care le auzise, privind doar în pământ în tot acel timp, fiind nevoită să asculte discuţia lor.

-Nu e vorba despre asta acum. E vorba despre ceea ce a făcut Omar, lucru pentru care trebuie să îl pedepseşti! a zis Rashid revoltat.

-Ajunge, Rashid! M-ai sfidat destul în faţa ei. Dacă nu taci, voi pune să fii ucis. Eşti fiul meu, deci pot să fac ce vreau cu tine! Cât despre tine, străino, stai departe de fiul meu câteva zile până plecaţi de aici. Pleacă de aici până nu pun să fii biciuită! a zis Mohamed, furios peste măsură.

Rashid era surprins de vorbele tatălui său, dar spera să nu fi vorbit serios, în timp ce privea cum frumoasa şi trista Kelly se îndepărtează şi merge înapoi în camera unde stătea. El şi-a strâns pumnii şi a plecat în camera lui, simţind în clipa aceea că tatăl său este un om îngrozitor, împotriva căruia nu putea să lupte deocamdată.

În tot acest timp, Omar a trecut prin mai multe stări în timp ce tatăl şi fiul discutau, iar la final i-a zâmbit arogant lui Rashid care îl privea furios.

Kelly s-a întors acolo unde era aşteptată de Helena şi de Ariana, care o priveau cu deznădejde.

Ea era uimită de faptul că ele nu au întrebat-o nimic despre tricoul pe care îl purta, dar era mai bine aşa, nu voia să audă tot felul de teorii părinteşti din partea Helenei, lucruri pe care le ştia deja.

S-a aşezat în sacul de dormit încercând să se calmeze şi să se liniştească. Trecuse prin multe în ziua aceea.

Ea şi-a amintit şi felul în care era privită de Rashid, ori de câte ori se întâmpla să se vadă prin curte sau prin altă parte a taberei, iar într-o zi el a luat-o de braţ şi a dus-o într-un loc mai retras al taberei, acolo unde nu era nimeni.

-De ce m-ai adus aici? a întrebat Kelly, simţind că se panichează din nou la vederea lui. Era o ironie că tocmai fiul şefului se purta frumos cu ea, dar şi cu Helena şi Ariana.

-Ţine astea, sunt pentru tine şi sora ta. Ascunde-le, doar nu vrei să le vadă cineva! i-a spus Rashid privind în jur precaut, iar când mâinile li s-au atins pentru scurt timp, senzaţia a fost ca un tremur, înfiorându-i.

-Rashid... nu ştiu ce să spun... mulţumesc, mulţumesc mult! i-a zis Kelly şi, spre uimirea amândurora, l-a sărutat rapid pe obraz, făcându-l să zâmbească. Nu îi venea să creadă că a făcut şi acel gest pentru ea.

Rashid i-a strâns mâna uşor, a privit-o, apoi s-a apropiat fiind atras de buzele ei, dar o voce interioară l-a făcut să se retragă şi să plece, nu înainte de a o privi din nou cu ochii aceia frumoşi. Kelly a plecat apoi la mama şi la sora ei şi fără ca Helena să observe, i-a dat Arianei batonul de ciocolată, urmând ca pe celălalt să i-l dea în altă zi, fiindcă ea, oricât şi l-ar fi dorit, a decis să i-l dea tot Arianei.

De fapt, aşa făcea în general, o ajuta şi o sprijinea în tot ce făcea, dar dacă era ceva ce nu trebuia, atunci o sfătuia să se răzgândească.

-Ce s-a întâmplat în ultima ta zi petrecută acolo, Kelly? a întrebat-o Jane, privind-o cu atenţie.

-În ultima noapte petrecută în locul acela, ei s-au îmbătat şi cum nu aveau cu cine să se distreze m-au chemat pe mine, deşi mama le-a zis să mă lase în pace şi să o aleagă pe ea în locul meu, a spus Kelly cu o voce joasă, afectată. În fine, pe

când eu eram dusă cu forţa în braţe de unul dintre ei, a apărut Rashid, care i-a zis acelui bărbat să nu se atingă de niciuna dintre noi...

-Să nu vă atingeţi de ele! Cât despre străină, mă voi ocupa personal de ea, a zis el arătând spre Kelly, care a tresărit uimită, fiindcă Rashid nu mai avusese acel comportament faţă de ea până atunci. Rashid a venit spre Kelly şi a început să o sărute pe obraji, ţinând-o strâns în braţe, privind spre ceilalţi, fiind atent şi la reacţia lor, după care a luat-o de mână şi a dus-o în camera lui, acompaniat de uralele nemulţumite ale celorlalţi, care nu puteau asista la spectacol, dar se consolau cu ideea că el se va ocupa de ea în felul acela...

În tot acest timp, Rashid o ţinea de mână, iar când au ajuns în camera lui, a pornit un radio micuţ, din care se auzea o melodie lentă.

-Am vrut doar să te iau din mâinile lor, Kelly! Ştiu că asta e ultima noapte a ta, a voastră aici, aşa că... ai vrea să dansezi cu mine? a întrebat-o, văzându-i privirea speriată.

-Dacă dansez cu tine, îmi promiţi că nu te vei comporta ca ei? a zis ea, privindu-l cu speranţă.

-Nu m-aş comporta ca ei niciodată, habibati![1]

[1] habibati, adj, s. m. şi f. :1. Adj. Care este foarte drag cuiva, pe care cineva îl iubeşte; drag. 2. S. m. şi f. Persoană care este în relaţii de dragoste cu o altă persoană – Din arabă

i-a spus Rashid luând-o de mână şi privind-o ciudat, doar aşa putea descrie ea privirea lui misterioasă.

Kelly l-a privit şi s-a lăsat purtată pe ritmul melodiei, una lentă şi frumoasă, după câte putea să îşi dea seama, fiindcă nu înţelegea cuvintele. Ar fi vrut să îl întrebe ce însemna cuvântul pe care i l-a spus mai devreme, dar nu îşi găsea curajul. După câteva minute în care au dansat împreună, ea şi-a pus capul pe umărul lui, simţind o nevoie inexplicabilă de a face acel gest, iar Rashid i-a mângâiat părul, liniştind-o parcă.

Kelly simţea cum inimile lor bat mai puternic datorită apropierii lor, iar la sfârşitul melodiei, el a desprins-o uşor de lângă umărul lui, făcând-o să îl privească şi, după ce a privit-o pierzându-se în ochii ei pentru câteva secunde, şi-a apropiat buzele sale de buzele ei şi a sărutat-o cu o blândeţe care a înduioşat-o, în timp ce îi mângâia obrazul cu o mână şi cu cealaltă o ţinea lângă corpul lui puternic. Kelly se simţea atât de ciudat. În fond, era primul băiat care o săruta, dar era atât de frumoasă trăirea pe care o simţea atunci, încât ar fi vrut să o poarte cu ea mereu.

-Rashid... nu putem face asta... te rog... i-a spus ea privindu-l, surprinsă de sărutul lui răscolitor.

-Rămâi cu mine în noaptea asta, habibati! Doar stai cu mine, noaptea asta e tot ce avem, i-a zis el zâmbindu-i uşor, ţinând-o în continuare în îmbrăţişarea lui caldă şi protectoare.

Kelly a ezitat pentru câteva secunde gândindu-se la conştiinţa şi la familia ei, dar pe de altă parte simţea şi ştia că poate avea încredere în el, astfel că i-a făcut un semn aprobator din cap. Rashid a surprins-o apoi luând-o în braţe şi ducând-o spre patul lui, iar Kelly s-a întins, privindu-l cu uimire, căci nu ştia ce avea el de gând, dar spre uşurarea ei, s-a rezumat la a o săruta din nou, punându-i degetul pe buze pentru a-i opri protestul, iar apoi a îmbrăţişat-o, în timp ce stătea cu spatele la el.

-Noapte bună, Kelly! La tinsani min `ay waqt madaa, i-a mai spus el, după care a sărutat-o uşor pe frunte.

-Noapte bună, Rashid! Ce mi-ai spus? a întrebat ea curioasă.

-Să nu mă uiţi niciodată, i-a răspuns rapid şi a strâns-o mai puternic la pieptul lui, în timp ce ea simţea că bătăile inimii ei se înteţesc.

Kelly a adormit mai târziu decât ar fi crezut, fiindcă era în braţele lui, iar acest lucru o atrăgea

şi o speria în acelaşi timp. Ea îi simţea rapiditatea respiraţiei, dar şi stăpânirea de sine şi maturitatea pe care o avea, deşi într-o zi Rashid îi mărturisise că avea optsprezece ani.

Astfel, Kelly avea sentimentul că el îşi reţine anumite gesturi şi asta doar pentru ea sau pentru binele amândurora, iar asta o bucura şi o făcea să se simtă mai liniştită. Ea conştientiza faptul că, dacă alt băiat din grupul acela ar fi vrut să o ţină aşa, în braţe, nu i-ar fi permis sau cel puţin nu de bunăvoie, dar cu Rashid, nu ştia exact de ce, era o cu totul altă poveste.

În dimineaţa următoare, el s-a trezit şi a privit-o dormind. Era atât de frumoasă, de dulce, de inocentă, a realizat Rashid din nou. Se gândea cu tristeţe că ea va trebui să plece şi nu o va mai simţi lângă el aşa cum a simţit-o în noaptea care tocmai a trecut. Rashid a sărutat-o pe obraz, iar apoi pe buze, ştiind că trebuie să o trezească, deşi acest lucru nu îi convenea deloc.

-Rashid... a zis ea ridicându-se, văzându-se din nou în braţele lui.

-Shh... vreau doar să te sărut, habibati, i-a şoptit Rashid. Nu îţi fie teamă de mine. Încă unul, doar unul... i-a zis el, privind-o într-un mod

sfâşietor, iar ea a avut ciudata impresie că nu putea să îl refuze.

Astfel, Kelly i-a simţit din nou gustul buzelor şi al sărutului lui, care era mai intens şi mai pasional decât celelalte pe care i le-a dăruit. Rashid a coborât apoi, sărutând-o pe gât şi unindu-şi mâinile cu ale ei, făcând-o să simtă o căldură stranie prin tot corpul. El s-a oprit după câteva minute, ştiind că trebuie să îşi recupereze autocontrolul.

-Într-o zi ne vom revedea, habibati, iar atunci nu mă voi mai reţine! i-a spus îmbrăţişând-o strâns, în timp ce mâinile lui îi mângâiau spatele şi mijlocul.

Kelly a rămas surprinsă, dar i-a răspuns, dorindu-şi ca tonul ei să fie cât mai neutru:

-Nu spune cuvinte care vor rămâne doar cuvinte, Rashid! Ştii la fel de bine ca mine că nu ne vom revedea, dar vreau să îţi mulţumesc pentru felul atent în care te-ai purtat cu mine, înseamnă mult pentru mine. Vei rămâne aici, i-a zis Kelly arătând spre inima ei, ca un băiat special pentru mine.

El a privit-o atent şi i-a zâmbit, făcând-o şi pe ea să îi zâmbească.

-Şi tu vei rămâne aici! i-a zis el ducându-i mâna spre pieptul lui, iar ea i-a simţit inima bătându-i cu putere.

Şi nu sunt doar cuvinte. Într-o zi ne vom revedea şi vom continua ce am început noaptea trecută, habibati! i-a mai spus, făcând-o să se ruşineze.

-Trebuie să mă laşi să plec! a zis Kelly roşie la faţă, ştiind că este aşteptată.

-Ştiu, dar asta nu înseamnă că îmi face plăcere! Îmi cer iertare pentru toate prin câte aţi trecut, tu şi familia ta. Nu meritaţi să treceţi prin toate astea, dar aici tatăl meu decide şi eu nu pot să intervin... Te rog doar să nu mă uiţi... a adăugat el trist.

-Nu e vina ta, Rashid, ştiu şi înţeleg asta! i-a zis Kelly mângâindu-i obrazul, neputându-se abţine, iar el i-a sărutat mâna, gest care pur şi simplu a făcut-o să simtă că se topeşte. Mă bucur că te-am cunoscut, în ciuda a tot ceea ce s-a întâmplat. Eşti un băiat foarte frumos şi dulce, Rashid şi nu te voi uita... a zis ea, simţind că o lacrimă îi alunecă pe obraz, iar el o şterge cu blândeţe.

Îi venea să plângă, dar încerca să se abţină.

Ştia că îi va fi dor de el, chiar dacă numai ce l-a cunoscut. Simţea acest lucru atât de intens şi, poate, atât de devreme...

-Nu plânge, te rog... a zis Rashid cu o blândeţe care îl uimea chiar şi pe el.

-Nu plâng... Adio, Rashid! i-a spus Kelly, încercând să îşi controleze emoţiile.

-Eu nu pot să îţi spun adio, îţi spun doar să ai grijă de tine şi că ne vom revedea, îţi promit, i-a spus el îmbrăţişând-o pentru ultima oară, simţind că nu i-ar fi dat drumul din braţele lui.

-Să ai şi tu grijă de tine şi încearcă să nu te schimbi! Nu deveni o fiinţă rece şi rea, la fel ca tatăl tău, i-a zis Kelly mângâindu-i creştetul capului, trecându-şi mâna prin părul lui.

-Nu o voi face, voi rămâne la fel ca acum, i-a spus el, făcându-i, parcă, o promisiune. Kelly s-a desprins apoi din braţele lui şi a plecat, nu înainte de a-l privi încă o dată, pentru ultima dată, iar Rashid a privit-o plecând, ştiind că nu o va uita şi că o va păstra în inima lui pentru totdeauna. Când Kelly a ajuns în camera unde erau mama şi sora ei, Helena a luat-o deoparte.

-Eşti bine, ţi-a făcut ceva băiatul ăla? a zis ea îngrijorată.

-Sunt bine, mamă şi aştept cu nerăbdare să ne întoarcem acasă! i-a spus Kelly serioasă.

-Eşti sigură? Atunci de ce te-a ţinut toată noaptea în camera lui? a întrebat ea suspicioasă.

-Doar am vorbit şi am stat...

-Şi... nu a încercat să profite de tine?

-Mamă! Sunt bine, asta e tot ce contează! Nu mai vreau să vorbesc despre asta, a zis ea respirând cu greutate din cauza sentimentelor care o încercau.

Ele două au fost apoi întrerupte din conversaţie de nişte zgomote puternice de arme şi elicoptere, lucruri care anunţau eliberarea lor.

Kelly îşi amintea cum nişte soldaţi americani au venit şi le-au salvat de acolo, redându-le libertatea. A mai reuşit să-l vadă o singură dată pe Rashid, înainte ca el, tatăl lui şi alţii din grupul acela să fugă de acolo, salvându-şi vieţile.

Capitolul 2

-Asta e, am terminat, ţi-am spus toată povestea! a zis Kelly simţind că respiră cu uşurare.

-Ei bine, draga mea, ceea ce mi-ai povestit pare incredibil şi totuşi e adevărat! Au trecut patru ani de atunci, e cazul să treci peste povestea asta, chiar dacă ţi se pare dificil. În prezent eşti o profesoară de literatură respectată, mai trebuie doar să găseşti bărbatul care să te facă fericită şi acesta poate fi chiar Ryan, colegul tău, despre care mi-ai povestit, i-a zis Jane privind-o cu atenţie.

-Încerc şi în timp am ajuns să nu mai am coşmaruri atât de des şi să mă simt puţin mai bine, a zis Kelly simţindu-se brusc mai destinsă. Cât despre Ryan, nu vreau să mă grăbesc. Dacă mă acceptă aşa cum sunt, cu toate ciudăţeniile mele, e bine, dar dacă nu, asta e... eu nu oblig pe nimeni să fie lângă mine.

-Kelly, vreau să te întreb ceva şi aştept sinceritate din partea ta. Dacă l-ai revedea pe Rashid, cum ai reacţiona?

-Nici eu nu ştiu să răspund la întrebarea asta, Jane, i-a zis ea simţind că pulsul i se accelerează

numai la auzul acelui nume. Oricum, nu vreau să mai vorbim despre asta, e o etapă din viaţa mea care s-a încheiat şi trebuie să mă concentrez asupra viitorului meu, i-a mai zis Kelly gânditoare. Discutând acum despre lucruri mai vesele, trebuie să mă însoţeşti zilele astea să îmi aleg o rochie pentru nunta surorii mele, nuntă care va avea loc peste două săptămâni şi la care eşti invitată, i-a zis ea zâmbind, în sfârşit.

-Poţi să fii sigură că te voi ajuta şi îţi mulţumesc pentru invitaţie! i-a zis Jane zâmbind la rândul ei. Nu îmi vine să cred, mica Ariana se căsătoreşte, adaugă ea emoţionată.

-Da, nici mie nu îmi vine să cred cum au trecut anii şi în curând voi asista la nunta ei. Mă bucur pentru ea şi abia aştept să o revăd, a spus Kelly la fel de emoţionată.

-Pot să vin însoţită? a întrebat Jane zâmbitoare.

-Bineînţeles, dar de către cine? Nu mi-ai spus nimic despre vreun cuceritor care vrea să îţi fure inima, a spus Kelly observând sclipirea de fericire din ochii prietenei sale.

-Cuceritorul se numeşte Antonio Suarez, e medic pediatru şi e minunat deocamdată. Sper să

rămână tot aşa! i-a zis Jane visătoare.

-Îţi doresc să fii fericită, foarte fericită, draga mea Jane! i-a spus Kelly îmbrăţişând-o.

-Asta îmi doresc şi eu pentru tine, Kelly! Promite-mi că vei face cumva şi îţi vei găsi fericirea, eşti o femeie minunată şi meriţi asta!

-Mulţumesc, la fel, draga mea. Plec de aici înainte să plângem amândouă, i-a zis Kelly aranjându-şi mai bine sacoul, după care a plecat.

Kelly a mers într-unul din locurile în care îşi găsea relaxarea, la clubul de echitaţie. Acolo se simţea bine alături de armăsarul care purta numele Shadow, cu care avea o relaţie apropiată. Ţinea foarte mult la el şi era sigură că şi Shadow îi împărtăşeşte sentimentele. Kelly a mers în faţa boxei unde se afla Shadow.

-Ce mai faci, frumosule? a întrebat ea, mângâindu-l.

Shadow a nechezat, iar ea ştia că a făcut asta de bucurie. Kelly l-a luat apoi din boxă şi l-a dus afară, după care s-a urcat în şa şi s-a plimbat prin împrejurimi. După o plimbare care a durat aproximativ jumătate de oră, Kelly l-a dus înapoi,

iar apoi a mers acasă, refuzând o întâlnire cu Ryan. Se simțea prea obosită, astfel încât a făcut un duș și s-a pus în pat, însă din nou i se întâmpla același lucru, ca în fiecare noapte din cei patru ani care trecuseră.

Kelly își imagina brațele lui Rashid în jurul corpului ei și își amintea din nou, pentru a nu știu câta oară, felul în care a sărutat-o și a făcut-o să se simtă. Știa că e o prostie să se gândească la el, doar nu mai avea șaisprezece ani, era ridicol să își amintească toate acele lucruri legate de un bărbat care în mod sigur o uitase deja, dar o parte din ea nu o lăsa să uite, să îl uite.

L-a visat din nou în noaptea aceea, l-a visat alături de ea, ținând-o în brațe și vorbindu-i, liniștind-o, făcând ca toate temerile ei să dispară. În visul ei, Rashid îi repeta ceea ce i-a spus înainte ca ea să plece de acolo, și anume, să nu îl uite, să nu îl uite niciodată.

Kelly s-a trezit a doua zi mai târziu, căci era vacanță. S-a ridicat din pat, conștientă că îl visase din nou noaptea trecută.

Se simțea atât de depresivă uneori și ura faptul că Rashid era în visele și în gândurile ei, dar voia și era hotărâtă să alunge fantomele trecutului

şi să îşi continue viaţa. Nu mai era un copil uşor de păcălit sau cel puţin aşa spera, dar de fiecare dată când Ryan încerca să o sărute mai mult decât trebuia, nu îi permitea asta.

Şi în acele momente tot ceea ce Kelly avea în faţa ochilor ei era el, Rashid. Kelly simţea că va înnebuni cu totul dacă o mai ţine mult aşa. Mintea ei matură îi spunea că nu era posibil să simtă toate acele lucruri după atât de mult timp, dar inima ei nu voia să asculte, de parcă ar fi fost într-un conflict permanent cu vocea conştiinţei. Oricât de mult încerca să alunge amintirea lui, oricât se lupta cu ea însăşi, nu reuşea.

Kelly a mâncat nişte lapte cu cereale, simţindu-se din nou nemulţumită. În mod sigur trebuia să înceteze cu toate amintirile acelea care îi măcinau sufletul, înainte să ajungă la vreun ospiciu. Nu se putea ca o persoană matură ca ea să se mai agaţe de nişte iluzii, de nişte amintiri dulci, dar dureroase.

Kelly i-a spus prietenei ei despre visele ei, dar doar o mică parte, şi anume, că îl visa doar uneori. Nu i-a spus că îl visa aproape în fiecare noapte de când îl văzuse ultima oară, fiindcă probabil ar fi fost luată drept ciudată de către Jane şi nu voia asta.

Kelly a hrănit-o apoi pe Carrie, căţeluşa ei, care aştepta răbdătoare, iar apoi s-a îmbrăcat şi a mers la Jane pentru a colinda magazinele, în căutarea rochiei perfecte. Era o ocazie perfectă pentru a-şi distrage gândurile.

Odată ce au ajuns în magazin, Kelly şi-a ales o rochie roşie, în timp ce Jane a optat pentru o rochie albastră, iar amândouă au fost mulţumite de alegerile făcute.

-Suntem de-a dreptul minunate! a zis Jane fericită.

-Aşa e! a spus Kelly zâmbind.

-Vom străluci la nunta surorii tale, Kelly! Vei vedea că aşa va fi! i-a zis Jane zâmbitoare, observând umbra de tristeţe care a apărut în ochii prietenei sale. Ce se întâmplă, Kelly? Te-ai întristat dintr-o dată...

-Nimic, nu e nimic, sper doar să nu mă îngraş până la nunta surorii mele, a zis Kelly găsind repede o minciună, pentru a masca starea de tristeţe inexplicabilă, care o cuprinsese dintr-o dată. Jane se uita la ea cu o privire uşor îngustată.

-Nicio şansă, draga mea, doar ştii că arăţi

foarte bine, ba chiar ai putea să te mai îngrași puțin, ești oricum cam slabă față de cum ar trebui să fii!

Cele două prietene au mers apoi la o cafenea, iar apoi Kelly s-a dus acasă. Trebuia să se schimbe, căci mergea din nou la clubul de echitație.

Voia să aibă parte din nou de o plimbare relaxantă alături de Shadow și, în plus, trebuia să vorbească cu Lance Dekker, directorul clubului, despre o eventuală excursie de o zi a elevilor ei la club.

Își dorea să le facă o surpriză elevilor ei și să îi aducă în vizită acolo, la club, printre cai, care erau animalele ei preferate.

Kelly ajunsese deja la boxa lui Shadow și îl răsfăța cu niște mere, iar armăsarul era bucuros de tratamentul primit și o privea cu ochii lui blânzi.

Ea continua să îl hrănească și la un moment dat, a închis ochii, inspirând adânc. O liniștea locul acela, iar asta era ceea ce își dorea: liniște și putere, pentru a-și vedea în continuare de viața ei.

-După atâția ani ești și mai frumoasă, habibati! Kelly a tresărit, simțind apoi două brațe care o cuprindeau.

S-a întors și a deschis ochii pentru ca în fața ei să îl vadă nici mai mult, nici mai puțin pe Rashid Al'Khalla. I-a recunoscut parfumul care îi îmbăta simțurile. S-a simțit eliberată de brațele lui, dar n-a mai reușit să spună nimic, căci leșinase.

-Ce s-a întâmplat, unde sunt? a întrebat Kelly, simțindu-se puțin amețită. Se uita în jur și a văzut că e întinsă pe o canapea, iar cămașa ei era desfăcută puțin mai mult decât trebuia. Și-a închis nasturii cu stângăcie, iar asta a iritat-o.

-Trebuie să recunosc că sunt surprins! Femeile au diverse reacții atunci când mă văd, dar niciuna nu a mai leșinat în brațele mele, i-a zis Rashid zâmbind, dar privind-o cu atenție.

El i-a oferit apoi un pahar cu apă, dar ea a refuzat. Era prea nervoasă pentru a gândi clar. Și-a amintit cum a leșinat în fața boxei lui Shadow, iar acum se afla aici, pe canapea. Asta însemna că Rashid a adus-o până acolo și că i-a deschis cămașa cu câțiva nasturi în plus.

-Ascultați-mă, domnule, nu știu cine sunteți!

a zis ea mințind, dar eu am venit să discut cu directorul clubului în legătură cu o vizită de o zi aici, împreună cu elevii mei. Își simțea inima bătând cu putere și era furioasă, fiindcă Rashid îi putea face chiar și în acel moment acel lucru, să îi accelereze pulsul, chiar și cu o simplă privire.

-Te afli în locul potrivit și în fața persoanei potrivite. Eu sunt directorul clubului acum.

Rashid s-a apropiat apoi de ea.

-Nu se poate! Ce s-a întâmplat cu domnul Lance Dekker, el deținea acest loc, a zis ea simțind că obrajii îi iau foc fiindcă el era atât de aproape de ea.

-A acceptat să îmi vândă acest loc minunat, unde aproape că mă simt ca acasă. Cât despre vizită, poți veni când vrei împreună cu elevii tăi. Și ca să îți aduci aminte de mine, e nevoie să îți reîmprospătez memoria, a spus Rashid punându-și mâinile în jurul ei și sărutând-o cu blândețe la început, iar apoi tot mai apăsat și lacom, lipindu-se de corpul ei. E suficient atât sau vrei mai mult pentru a-ți reaminti cine sunt, habibati? Încetează cu prefăcătoria, știu că m-ai recunoscut de când m-ai văzut, iar sărutul de mai devreme mi-a confirmat asta. Aș îndrăzni să spun chiar că ți-am lipsit, a zis el zâmbindu-i.

Kelly era de-a dreptul răscolită. El nu o mai sărutase la fel de blând ca acum patru ani, ci cu o dorință care o copleșea.

-Nu ai dreptul să faci asta, Rashid! Nu poți să mă săruți și să mă îmbrățișezi așa, ca și cum asta ar fi ceva obișnuit. Nu mă vei mai atinge niciodată, a zis ea ridicându-se cât a reușit de repede de pe canapea, simțindu-se ca arsă pe dinăuntru.

-Hmm... acum câteva minute nu mă recunoșteai, iar acum îmi spui că nu te voi mai atinge... de ce nu, nu văd vreun inel pe mâna ta. Se vede că anii care au trecut te-au făcut mai frumoasă. Ești minunată, habibati și mă bucur că în sfârșit te-am regăsit, i-a zis el măsurând-o din priviri, făcând-o pe Kelly să înghită cu greutate. Suntem aceiași de acum patru ani, doar că am mai crescut puțin, a mai spus Rashid zâmbindu-i, fapt care ei îi trezea amintirea aceea din noaptea în care au dansat și au dormit împreună. Nu îmi mai spune că nu îți aduci aminte de mine și de noaptea aceea atât de frumoasă, când am avut ocazia să te simt aproape de mine, fiindcă nu te cred. Privirea ta și limbajul trupului tău îmi spun totul și nu te poți ascunde de mine, Kelly.

îndepărtat-o, iar Kelly a putut respira cu mai mare ușurință în clipa aceea.

Ei îi scăpase o scuză în limba engleză și a fost surprinsă să îl audă răspunzându-i în limba ei:

-Nu-i nimic! i-a zis băiatul zâmbind, fiindcă fata avea un aer încurcat și timid și îl privea cu teamă.

El a trecut apoi pe lângă ea, privind-o încă o dată înainte să iasă de acolo, iar Kelly s-a certat în gând fiindcă rămăsese locului uimită pentru câteva secunde, privindu-l. Nu îi venea să creadă că în asemenea momente grele, inima ei a bătut mai repede la vederea unui terorist din grupul acela, unul care era, fără îndoială, la fel de ticălos ca ceilalți.

Ea își făcea treaba în continuare, când în camera aceea a intrat un bărbat care i-a spus:

-Poți să pleci de aici, te așteaptă altele de făcut!

Kelly a tresărit la auzul glasului aceluia care era la fel de întunecat ca persoana căreia îi aparținea și a vrut să iasă de acolo, dar a fost înconjurată de brațele puternice ale acelui bărbat.

-Ce-ai zice dacă ne-am distra puțin? i-a mai zis bărbatul, după care și-a lipit buzele de obrazul ei.

Kelly trecea de la o stare de panică la spaimă, iar inima ei bătea nebunește. A început să țipe și să se zbată, dar nu avea nicio șansă împotriva acelui bărbat matur și puternic.

El a început să își plimbe mâinile pe corpul ei, în ciuda eforturilor fetei de a-l respinge. Kelly simțea cum el îi sfâșie tricoul cu un cuțit pe care apoi i l-a pus la gât, făcându-i semn să tacă. Bărbatul acela o privea cu o poftă nebunească, iar ea își acoperea sânii cu mâinile, recunoscătoare că încă avea sutienul, însă tot se simțea expusă și rușinată.

Bărbatul acela nu s-ar fi oprit acolo, însă deodată, ușa s-a deschis cu putere, iar băiatul de mai devreme a apărut în prag, furios și cu o privire ucigătoare:

-Dă-i drumul, Omar, sau vei suporta consecințele! i-a zis el venind tot mai mult în interiorul camerei.

Omar a plecat furios, având o sclipire întunecată în privire.

Rashid a venit din nou lângă ea şi a luat-o de mână.

-Dă-mi drumul, te rog, trebuie să plec! a zis Kelly simţind că dacă mai rămâne o clipă acolo, va fi pierdută.

-Trebuie să vorbim, Kelly! Nu s-au spus toate lucrurile între noi, a zis el mângâindu-i obrazul cu o tandreţe care o sfâşia pe dinăuntru. Kelly a închis ochii pentru câteva secunde. Ceva din interiorul ei se bucura de atingerea lui, dar conştiinţa îi spunea că trebuie să îl evite, să se ţină cât mai departe de el.

-Rashid, nu avem despre ce să vorbim! a zis ea luându-şi mâna din mâna lui, încercând să îl privească cât mai detaşată, dar a realizat că, de fapt, îl cerceta cu privirea. Era atât de frumos şi de fermecător. Purta un costum care îi punea în evidenţă trupul atletic, iar ochii lui erau atât de expresivi. O parte din ea i-ar fi sărit în braţe, dar raţiunea o împiedica.

-Dar am crezut că suntem prieteni, a zis el cu o privire rănită.

-Poate că am fost puţin, odată, dar acum nu suntem! Nu mai am şaisprezece ani, Rashid, şi nici

tu optsprezece, a zis ea privindu-l cu seriozitate, realizând câtă masculinitate emana, lucru care o speria.

-Ai dreptate, acum eşti femeie, Kelly! Şi încă una foarte frumoasă, dacă îmi permiţi să spun asta! Iar eu sunt un bărbat acum, unul care ştie ce îşi doreşte. Eşti femeia pe care mi-o doresc, iar asta nu s-a schimbat de atunci, habibati, i-a zis el sărutându-i mâna în timp ce o privea cu o intensitate care o înfiora.

Ea a simţit că i se înmoaie genunchii şi că abia mai poate respira.

-Nu poţi să spui aşa ceva, Rashid! Te rog să nu mai spui asta, a zis ea, ştiind ce înseamnă cuvântul acela, fiindcă îl căutase în dicţionar atunci când revenise acasă. A respirat adânc şi, urmându-şi impulsul, a fugit de acolo. Nu mai putea să stea acolo, atât de aproape de el, pur şi simplu asta simţea să facă, să fugă.

Kelly a mai auzit doar că el a strigat-o, dar nu s-a oprit. A fugit la Shadow, s-a urcat pe el şi apoi a călărit repede pe terenul aferent clubului. A auzit că el o urma călare pe alt cal, iar asta o înfuria şi îi aducea lacrimi în ochi. Nu se putea ca viaţa ei să fie dată peste cap în felul acela, nu acum, când

credea că va fi suficient de puternică, încât să uite trecutul.

După o cursă care a durat aproximativ jumătate de oră, cursă în care Kelly l-a forțat tot mai mult pe Shadow, ea a fost aruncată din șa. Shadow s-a împiedicat, iar Kelly a căzut la pământ, simțind o durere în piciorul drept. Ea știa că va exploda din cauza frustrării, mai ales că el a ajuns-o din urmă. Rashid a coborât rapid de pe cal și din câțiva pași a ajuns lângă ea.

-Pentru Dumnezeu, Kelly! Cum ai putut fi atât de imatură? Ești rănită? a întrebat el, iar în ochi i se putea citi nervozitatea.

-Nu am nimic, trebuie doar să pleci de aici, a zis ea dorind să se ridice, dar a scos un sunet din cauza durerii.

-Vii cu mine! Acum, Kelly! i-a zis el luând-o în brațe și ducând-o pe cal, așezând-o în fața lui, deși ea protesta.

Deși durerea de picior o chinuia, atenția era distrasă de el, de mâinile lui, care țineau hățurile calului și în felul acesta erau în jurul ei. El ținea o mână în jurul abdomenului ei, pentru a evita o eventuală cădere a ei de pe cal.

Ea a simţit cum Rashid inspiră adânc, apropiindu-şi capul de părul ei. Mai simţea şi muşchii lui puternici, iar asta o făcea să simtă emoţii diverse.

Odată ajunşi în faţa clădirii în care se afla biroul lui, Rashid a luat-o de pe cal şi a purtat-o în braţe până în încăperea aceea, iar apoi a aşezat-o pe canapea şi a vrut să îi ridice puţin pantalonii, dar Kelly l-a oprit.

-Nu te mai împotrivi atât, trebuie să mă uit la rană! a zis el cu un glas sever, dar totuşi o privea cu tandreţe.

-Nu mai bine chemi un doctor? l-a întrebat Kelly, încercând să ignore fiorii pe care i-a simţit atunci când el i-a ridicat pantalonul şi i-a atins pielea piciorului.

-Nu. Nu e nevoie, ştiu destul cât să te asigur că nu e nimic grav, ai nevoie doar de un unguent pentru durere şi în câteva zile durerea va trece. Să te înveţi minte să mai fugi de mine, habibati. Nu poţi fugi de mine, oricât ţi-ai dori, a zis Rashid mângâindu-i zona rănită, după care i-a pus nişte gheaţă pe picior, aşezându-l pe piciorul lui, ignorând privirea fulgerătoare a lui Kelly.

-Îți mulțumesc pentru ajutor, dar ar trebui să plec. În mod sigur ești foarte ocupat și nu trebuie să te deranjez, a zis ea privindu-l, simțind fiori dulci prin tot corpul.

-Te duc acasă, atunci! i-a spus Rashid hotărât.

-Nu! Îl pot suna pe Ryan. El ar trebui să mă ducă acasă. Sau o pot suna pe Jane, a zis Kelly repede, observând că el o privește încruntat.

-Ryan? a întrebat el, abia reținându-și zâmbetul.

-Da, Ryan. El e... iubitul meu! a zis ea simțind că parcă nu rostise cuvântul „iubit" cu tonalitatea care trebuia.

-Nu pentru multă vreme, habibati. Asta se va termina cât de curând, fiindcă eu am alte planuri în ceea ce ne privește, a spus el sărutându-i mâna din nou.

-Ce vrea să însemne asta? a spus ea, simțind că tremură și și-a retras mâna.

-Înseamnă ceea ce am spus! Avem multe de discutat și de lămurit, Kelly. Acum, în cazul în care nu vrei să încui ușa aia și să discutăm chiar acum,

îmi promiţi că ne vom mai întâlni şi vom vorbi? Un lucru mai vreau să ştii: nu renunţ la planurile mele, iar tu faci parte din ele. Nu am ajuns până aici doar ca să te las să fii a altui bărbat, i-a spus el apropiindu-se de buzele ei.

Rashid îi părea atât de posesiv în acele clipe, încât ştia că nu putea să îl refuze.

-Rashid... bine, vom discuta într-o zi, dar acum trebuie să merg acasă, te rog! i-a zis Kelly, sperând că îl va convinge.

-Te duc eu acasă şi vom discuta acolo. Cu cât mai repede, cu atât mai bine, nu-i aşa? i-a spus el luând-o în braţe şi ducând-o spre maşină.

-Dar pot să merg şi singură, nu e nevoie să mă duci aşa. Dacă mă sprijin puţin de tine e de ajuns, a zis Kelly simţind o tensiune care creştea în interiorul ei.

-Nu cred că vrei să te răneşti mai rău, aşa că încetează, i-a zis Rashid aşezând-o în maşina lui. Kelly şi-a pus centura, furioasă pe ea însăşi, dar şi pe el. Cine se credea Rashid, să se comporte astfel cu ea, de parcă ei ar fi fost mai mult decât nişte oameni care, la un moment dat au avut nişte întâmplări în comun.

Drumul a fost rapid şi parcurs în tăcere. Kelly nu îşi găsea puterea să spună ceva, iar el părea concentrat la condus.

Când au ajuns acasă la Kelly, el a luat-o din nou în braţe şi a dus-o aşa până în casă. Kelly simţea că îi arde faţa de roşie ce era, mai ales că puteau fi văzuţi de vecini şi astfel să se audă tot felul de vorbe apoi. Se gândea şi la reacţia lui Ryan atunci când va afla despre asta şi a înghiţit în sec cu greu, în timp ce el o aşeza cât mai comod pe canapeaua ei.

Carrie a venit să îi întâmpine, dar spre surprinderea ei, ea nu l-a muşcat pe Rashid, aşa cum a vrut să facă cu Ryan, ci a sărit pe el ca şi când s-ar fi cunoscut deja.

-Ai un câine frumos, Kelly. El e paznicul tău? a întrebat Rashid, în timp ce se juca cu câinele husky.

-Da, ea e Carrie şi mă surprinde reacţia ei. De obicei nu tolerează intruşii, a adăugat ea cu un glas tăios.

-În cazul ăsta, se pare că nu sunt un intrus, a zis el afişând un zâmbet irezistibil, iar Kelly a trebuit să facă un efort pentru a nu îi răspunde la

41

zâmbet. Cum te mai simți?

-Puțin mai bine, dar durerea se mai simte încă. Sper că Shadow e bine, nu aș vrea să fi pățit ceva din cauza mea, a zis ea cuprinsă de remușcări.

-Am fost informat că e bine, a zis el privindu-și rapid telefonul. Kelly i-a zâmbit ușor în sfârșit, iar el a făcut același lucru, în timp ce îi masa ușor piciorul.

-Nu e nevoie să faci asta, sunt sigură că îmi voi reveni rapid, a zis ea, savurând totuși masajul.

-E pentru binele tău, Kelly! Acum, haide să ne calmăm și să vorbim, a spus el enigmatic.

-Aș fi mult mai calmă dacă nu m-ai tot săruta și mângâia atât! i-a zis ea impulsiv, iar după ce a realizat ce a spus, a simțit că obrajii i se colorează.

-Să înțeleg că îți produc niște emoții atunci când fac toate astea, a zis el mângâindu-i obrazul și privind-o în felul acela cuceritor, iar ea a simțit că rezistența îi este greu pusă la încercare.

-Nu mai face asta, te rog! Ascultă, Rashid, îți mulțumesc că m-ai adus acasă, dar spune ce ai de zis și să terminăm odată cu toate astea, a spus

Kelly pe un ton care nu era atât de impunător pe cât şi-ar fi dorit.

-Să terminăm? Dar abia ce am început, habibati, a zis el mângâindu-i braţele, după care a cuprins-o de mijloc.

-Încetează! Nu îmi mai spune aşa, nu sunt... ceea ce ai spus. Eu sunt într-o relaţie cu un alt bărbat, ce parte din acest lucru nu ai înţeles? a zis Kelly, dorind să îi dea mâinile de pe ea, dar Rashid i-a cuprins mâinile în mâinile lui.

-Îţi spun astfel fiindcă asta eşti tu pentru mine, Kelly, iar vorbele tale nu schimbă cu nimic asta şi ceea ce simt pentru tine! a zis el, privind-o cu o intensitate care o făcea să simtă căldură în tot corpul. Schimbând puţin subiectul, trebuie să îţi spun cum te-am găsit, doar nu credeai că mă aflu aici, în oraşul în care eşti tu, din pură întâmplare. Am început să te caut şi mi-am dorit să te găsesc încă de acum patru ani, de când ai plecat de acolo, din tabăra aceea. Când am început să dispun de sume de bani tot mai mari, am angajat un detectiv să te găsească, dar chiar şi aşa, a durat ceva până să aflu informaţii despre tine. A fost o surpriză plăcută să aflu că încă nu eşti căsătorită, dar poate că nici măcar asta nu ar fi contat, habibati!

-Tu vorbeşti serios?! a zis Kelly uimită peste măsură de ceea ce tocmai auzise. Nu pot să cred că ai făcut aşa ceva, mai ales că eu sunt o străină, nu-i aşa? a spus ea cu ironie, încercând să mascheze tremurul care pusese stăpânire pe corpul său, tremur apărut în urma destăinuirii făcute de Rashid.

-Eu nu te-am văzut niciodată astfel, Kelly! Pentru mine tu eşti tot fata aceea dulce şi misterioasă, fata care a devenit femeia pe care o vreau pentru mine, iar asta nu s-a schimbat şi nici nu se va schimba. Nu îţi poţi imagina de câte ori am visat clipa asta când te voi regăsi, i-a zis el privind-o cu seriozitate.

-Rashid, nu trebuie să mai spui asta. Totul s-a schimbat, noi ne-am schimbat... i-a spus Kelly făcând eforturi să nu plângă, căci asta îi venea să facă, din nou.

Ea ştia prea bine sentimentul acela, fiindcă şi el fusese în visele ei în toţi aceşti ani, dar nu se gândea că Rashid se va mai afla vreodată în faţa ei şi nu ştia cum să gestioneze asta, cum să reacţioneze. El, aici, în casa ei, în faţa ei... era prea mult pentru ea.

-Kelly, doar am mai crescut amândoi, atât!

Nu îmi e uşor să îţi spun toate astea, dar ştiu că tu nu mă judeci în funcţie de anumite lucruri şi cu tine pot să fiu sincer şi eu însumi. Eu nu am uitat promisiunea pe care ţi-am făcut-o atunci, în noaptea aceea... ţi-am promis că ne vom revedea şi... îţi aminteşti? a întrebat el, privind-o cu atenţie.

-Nu continua, te rog. Doar pentru acel lucru... te afli aici? a întrebat Kelly, simţind că începe să tremure.

-Kelly, dacă era vorba doar de dorinţă sau de o simplă atracţie fizică, puteam să fiu cu orice femeie, nu veneam din Maroc până aici, în SUA, în San Francisco. Ştii prea bine că eşti mai mult decât atât pentru mine! i-a zis el, luând-o de mână.

-Tot ce ştiu e că sunt într-o relaţie cu cineva şi... între noi nu poate fi nimic, Rashid! a spus ea, simţind cum tristeţea o cuprinde din nou şi nu o poate opri.

-Îl iubeşti, Kelly? Spune-mi că îl iubeşti şi că în toţi anii ăştia nu te-ai gândit nici măcar o singură dată la mine, că nu te-ai întrebat în sinea ta oare cum o mai duc şi dacă mă gândesc la tine. Poate atunci te voi crede şi voi accepta! Oricum nu pot să cred că îţi sunt atât de indiferent pe cât vrei să pară, i-a zis Rashid privind-o dureros.

-Nu consider că ar trebui să îţi dau detalii despre sentimentele mele, dar tot ce pot să îţi spun este că eu şi Ryan suntem la începutul relaţiei, iar el este un bărbat amabil şi mă simt bine în preajma lui, i-a zis ea simţind că nu e sinceră în totalitate.

-Dacă aşa vorbeşti despre iubitul tău, atunci oare cum m-ai descrie pe mine? a întrebat Rashid cu ironie. Ai fost vreodată îndrăgostită, Kelly, ştii cum se simte asta?

-Da, o dată! a zis ea, închizând ochii şi avându-l pe Rashid în mintea ei.

-Şi cum e? Cum e dragostea pentru tine? a întrebat el, simţindu-se frustrat şi curios în acelaşi timp.

-Te consumă cu totul şi te face să nu mai gândeşti raţional, a zis ea, expirând aerul pe care îl ţinuse în plămâni până atunci şi deschizând ochii. Dragostea înseamnă durere, multă durere şi prefer să nu mă las prinsă în mrejele ei înşelătoare, a adăugat ea, simţind o voce interioară care o contrazicea şi îi spunea că a fost deja prinsă, acum ceva timp...

-Nu este adevărat, Kelly! Dragostea poate fi şi

frumoasă, dacă te laşi în voia ei. Ai suferit atât de mult din cauza unui bărbat, încât nu mai vrei să iubeşti, habibati? a întrebat Rashid simţindu-se trist la gândul că ea a iubit pe cineva care nu era el şi durându-l mai mult decât putea să recunoască.

-Rashid... nu mai vreau să vorbim despre asta, te rog... a zis ea, închizând ochii. Nu putea să îi dezvăluie adevărul, nu putea să îi spună că inima ei a bătut doar pentru el, încă de când l-a cunoscut, împotriva oricărei reguli şi raţiuni. I se părea un vis chiar şi faptul că se afla acolo, lângă ea şi l-ar fi putut îmbrăţişa dacă ar fi vrut. Dar nu voia. Nu putea să facă asta.

-Kelly, ce vom face în continuare? Ne vom mai vedea, ştii asta, nu-i aşa? Putem oare să ne purtăm normal şi conform regulilor, unul cu celălalt? a întrebat Rashid într-un moment de incertitudine.

-Dacă tu faci un efort, sunt sigură că vei reuşi să faci ceea ce trebuie şi să nu mă mai priveşti aşa, ca acum, a zis ea simţind că o doare fiecare cuvânt pe care îl spune.

-Nu pot, Kelly. Pur şi simplu nu pot. Eşti femeia pe care mi-o doresc şi nu renunţ la tine. Voi face tot posibilul să te cuceresc şi să îţi vindec rănile provocate de cel care te-a făcut să suferi, a

zis Rashid hotărât.

-Te rog, nu îngreuna lucrurile, nu trebuie să facem pe nimeni să sufere, Rashid! Nu vreau să îi provoc suferință lui Ryan, a zis ea, neștiind cât va mai fi capabilă să îi reziste când tânjea din toată inima după el, după cel care o făcea să viseze la iubire.

Rashid a sărutat-o pe neașteptate, lăsând-o aproape fără aer, îmbrățișând-o strâns. El o făcea să își dorească tot mai mult, spre nefericirea ei, care voia să îi reziste. Nu voia ca el să o aibă, iar apoi să plece, în timp ce ea ar rămâne singură, cu amintirile despre el. Nu mai voia să se lase consumată de el.

-Singurii care vor suferi dacă nu vor fi împreună vom fi noi, habibati, nu înțelegi asta? a întrebat el, ținând-o în brațe. Știi de cât autocontrol am nevoie acum pentru a evita să fac cu tine ceea ce îmi doresc de atât de mult timp, Kelly? Ai idee câte nopți, zile și câți ani am visat la revederea noastră? Nu se poate și nu voi accepta să mă respingi, a spus el, strângând-o mai puternic în brațe.

-Te rog, încetează! Trebuie să fii rațional, nu poți face lucrurile astea! Tu ești cel care nu

înțelege că lucrurile nu se pot face așa cum vrei tu. Nu putem fi împreună! Totul, dar absolut totul e împotriva noastră, începând de la cine ești tu și continuând cu diferențele de cultură și de gândire dintre noi, a zis ea desprinzându-se de el, simțind o durere care aproape o sufoca. Simțea că va plânge cât de curând dacă Rashid nu pleca mai repede din casa ei.

-Vorbești despre mine de parcă aș fi un ticălos, dar nu sunt așa și tu știi asta. Chiar dacă sunt cine sunt, un iranian, nu am gândirea îngustă a tatălui meu și nu semăn cu el sau cu alții care au un fel mai ciudat de a gândi lucrurile. Eu mă ocup de afaceri legale și nu sunt un terorist, așa cum probabil crezi, așa că nu mă judeca așa cum o fac alte persoane, căci nu voi permite asta. Nu duc mai departe afacerile tatălui meu, deși asta îl nemulțumește. Știu că tatăl meu ți-a făcut mult rău și regret asta, dar eu nu sunt ca el, ține minte asta. Eu știu cine sunt și tu știi la fel de bine asta, chiar dacă, din păcate, nu ne-am văzut de patru ani. Patru ani, Kelly! Patru ani în care nu te-am simțit aproape de mine noapte de noapte și zi după zi, așa cum mi-aș fi dorit. Știi oare ce înseamnă asta, Kelly? Să simți lipsa cuiva atât de mult, încât să nu te mai poți concentra la nimic altceva și să simți că trăiești în zadar? Să visezi pe cineva zi și noapte și să îți bată inima doar pentru acea persoană? Să îi

cauţi chipul în fiecare persoană pe care o cunoşti şi totuşi să ştii că nimeni nu e ca acel cineva, fiindcă acel cineva e unic pentru tine?

Să cauţi printre amintiri pentru a retrăi senzaţia pe care ai avut-o cândva? Să simţi că doar cu o privire şi un zâmbet din partea acelei persoane ţi s-ar lumina ziua? Ai simţit vreodată toate astea, Kelly? Fiindcă toate astea le-am simţit eu în tot timpul ăsta în care am fost departe de tine! Însă acum sunt aici şi voi face tot ce pot să fac pentru a te recupera, jamil[2] şi nu voi permite altui bărbat să ia ceea ce îmi aparţine, fiindcă tu eşti doar a mea, Kelly. Încă ceva: un bărbat în situaţia mea nu poate fi raţional, Kelly! Voi pleca acum, dar mă voi întoarce, să ştii! Tu vei fi a mea, mai devreme sau mai târziu, dar asta se va întâmpla. Ai grijă de tine, habibati! i-a mai zis Rashid, mângâindu-i obrazul şi privind-o în felul acela care o neliniştea, după care a plecat.

Kelly ar fi vrut să-i strige că da, că ştie cum e să simtă toate acele lucruri fiindcă şi ea le-a trăit la rândul ei. S-a ridicat cu greu şi a privit lung în urma lui, după care a început să plângă, dând frâu liber lacrimilor pe care nu le mai putea opri. Nu ştia de ce Rashid a trebuit să apară din nou în viaţa ei, să o răscolească cu totul şi să o înnebunească, pur şi simplu, cu simpla lui prezenţă, cu acele

---
[2] jamil = frumoaso

cuvinte care îi atingeau inima.

Mai târziu, ea s-a uitat la un moment dat la telefon. O suna Ryan, dar nu se simţea în stare să îi răspundă. I-a trimis un mesaj scurt prin care îi transmitea că e bine, dar puţin cam obosită şi că se vor vedea în altă zi. Kelly s-a pus apoi în pat, încercând să adoarmă, dar gândurile îi zburau la Rashid, la sărutările lui şi la felul în care a făcut-o să se simtă în braţele lui.

Capitolul 3

În ziua următoare, Kelly a luat micul dejun şi apoi a plecat la prietena ei, Jane.

-Bună, Jane! a zis ea, zâmbindu-i slab.

-Bună, Kelly! a spus Jane, invitând-o să intre. Ea i-a făcut semn apoi să se aşeze pe fotoliu şi a urmat-o după ce a adus nişte sucuri. Ce s-a întâmplat, eşti cam tristă sau mi se pare? a întrebat Jane, privind-o cu interes.

-L-am văzut, Jane! i-a zis Kelly, evitând să o privească în ochi, ducându-şi privirea în altă parte.

-Pe cine, draga mea? a întrebat Jane, ascultând-o cu atenție.

-Pe Rashid! i-a spus Kelly având sentimentul că până și pronunțarea acelui nume îi făcea inima să tresară. Jane a privit-o uimită și tot ce a reușit să spună a fost:

-Oh! Nu se poate... și ce s-a întâmplat?

Kelly i-a povestit toate amănuntele, inclusiv săruturile pe care el i le-a dăruit, iar Jane a ascult-o fascinată.

-E incredibil ce îmi povestești, draga mea! După atât de mult timp să îl revezi tocmai acum, când ai o relație cu Ryan... ce sentimente ți-a trezit și ce vei face în continuare?

-Nu știu, totul e atât de neașteptat... pe de o parte aș vrea să am puterea să îl resping, pe de altă parte e relația mea cu Ryan și mai e și faptul că mi-a readus atâtea amintiri... nu știu ce voi face...

-Vei găsi răspunsul la această întrebare în inima ta, sunt sigură de asta, draga mea! i-a zis Jane dorind să o încurajeze.

-Sper, asta îmi doresc şi eu, să iau cea mai bună decizie şi să nu rănesc pe nimeni! Spune-mi despre tine acum, cum e relaţia ta cu Antonio?

-E foarte bine, cel puţin deocamdată. Mă face fericită şi asta mă bucură, i-a zis ea încântată.

-Mă bucur pentru tine, Jane! Trebuie să plec acum. Ne mai vedem, draga mea! Să ai o zi frumoasă!

-Mulţumesc, la fel, draga mea! Şi gândeşte-te la ceea ce e mai bine pentru tine! Să faci doar ceea ce îţi spune inima, tu ştii cel mai bine cine te poate face fericită. Cu adevărat fericită, i-a zis Jane îmbrăţişând-o şi zâmbindu-i cu subînţeles.

Kelly a plecat apoi acasă cu maşina, iar când a ajuns în camera ei a auzit soneria de la uşă.

-Vin imediat! a răspuns ea dându-şi geaca jos.

Ea a mers apoi să deschidă. Era un curier care i-a lăsat un buchet de flori. Când curierul a plecat, Kelly a mirosit florile. Erau trandafiri roşii, florile ei preferate. A văzut apoi şi bileţelul care stătea între ei şi l-a deschis:

Pentru tine, habibati. Eşti o femeie specială pentru mine, să nu uiţi asta.

Cu drag, R.

Kelly avea impresia că buchetul era de plumb, atât i s-a părut că a devenit de greu în mâinile ei. Cu inima bătându-i puternic, a pus florile în vază şi le-a privit îndelung, aşa cum a recitit şi bileţelul de câteva ori. Şi dacă nu ar fi fost semnat cu acea iniţială, şi-ar fi dat seama de la cine erau florile. Erau de la singura persoană care i-ar fi spus în felul acela...

Kelly o hrănea pe Carrie atunci când a auzit soneria.

-Ryan! a zis ea puţin uimită de apariţia lui neaşteptată.

-Da, Kelly, sunt eu! Aşteptai pe altcineva? a întrebat zâmbind.

-Nu, sigur că nu, a spus Kelly pălind. Intră, nu sta acolo, a adăugat ea, făcându-i semn să intre. Ryan a sărutat-o uşor, iar apoi a intrat. În timp ce se aşeza pe fotoliu, ea a adus nişte sucuri, iar apoi l-a privit cu atenţie. Ryan era un bărbat frumos, blond, cu ochi albaştri şi era atent cu ea. Ar fi trebuit să se simtă mulţumită şi, totuşi ceva

lipsea, era conştientă de asta.

-Ce surpriză, cum de ai trecut pe aici? a întrebat Kelly, ştiind că întrebarea era aproape inutilă.

-Am venit să te văd, aşa face un iubit care se preocupă pentru iubita lui! i-a răspuns el zâmbindu-i.

Ce ai păţit la picior?

-Am avut un mic accident... a spus ea, amintindu-şi de incident.

-Cum s-a întâmplat? Lasă-mă să văd! i-a zis Ryan preocupat, ridicându-se de pe fotoliu şi ridicându-i puţin pantalonul. Eşti vânătă aici, a spus el atingând zona aceea, iar ea a tresărit şi şi-a luat piciorul.

-Eu... am căzut de pe cal, a zis Kelly oftând. Dar am îngrijit rana şi în scurt timp voi fi ca nouă, a mai spus ea, privindu-l.

-Cum? Shadow te-a aruncat din şa? Dar ştiam că e un cal blând, a zis el îngrijorat, rămânând lângă ea şi îmbrăţişând-o.

-Așa este, dar se pare că s-a împiedicat și... asta e, s-a întâmplat, a zis ea, omițând să îi spună toate detaliile.

Deodată, parcă se simțea în brațele unui străin, nu în brațele celui cu care era într-o relație de șase luni. Era un sentiment ciudat, care începea să o frământe pe dinăuntru. Vrei să mănânci ceva? a zis Kelly, desprinzându-se din îmbrățișare. Vedea că el o privește puțin surprins, dar nu îi spunea nimic. În fond, i-a cerut lui Ryan timp și răbdare, dacă își dorește să fie într-o relație cu ea, iar el i-a promis acest lucru.

-Nu, mă gândeam să...

-Eu mă gândeam să merg să îl văd pe Shadow, asta voiam să fac înainte să vii, i-a zis Kelly întrerupându-l.

-Am putea merge împreună! a spus Ryan, nefiind prea încântat, dar din dorința de a petrece mai mult timp împreună, se mulțumea deocamdată cu atât.

-Ești sigur? a întrebat ea, gândindu-se abia în acel moment, cu teamă, la o eventuală întâlnire dintre el și Rashid.

-Da, doar am mai fost împreună acolo, la clubul de echitație, a spus Ryan îmbrățișând-o din nou. Ai primit flori? a întrebat el, văzând trandafirii roșii de pe masă.

-Da! a zis Kelly, simțind că tremură puțin.

-De la cine?

-Nu știu, buchetul nu a avut și un bilet, a răspuns ea mustrându-se în gând fiindcă îl mințea. Se simțea puțin ușurată fiindcă biletul se afla în buzunarul blugilor ei. Nu i-a spus lui Ryan prin ce trecuse acum patru ani. Nu avea rost, iar cât despre amintirile cu Rashid, acestea erau amintiri prețioase, doar ale ei și nu avea de ce să i le împărtășească.

-Se pare că ai un admirator secret! Hai să mergem la Shadow, a spus el zâmbind slab și privind-o atent.

-Să mergem! a zis ea, simțind că îi bate inima cam repede.

Odată ajunși la club, Kelly și Ryan s-au dus direct spre boxa lui Shadow, care a nechezat la vederea ei.

-Shadow! Eşti bine? a întrebat ea, apropiindu-se de el şi mângâindu-l. Spre bucuria ei, a văzut că e bine. Calul s-a lăsat mângâiat, iar Ryan îi privea cu drag.

-Se vede că aveţi o relaţie apropiată voi doi!

-Da, aşa e!

-Într-adevăr, sunt foarte uniţi, chiar şi eu am observat asta, nu-i aşa, Kelly? Kelly s-a întors tresărind în direcţia de unde se auzise cealaltă voce masculină. Temerile ei se adevereau, căci cealaltă voce îi aparţinea lui Rashid, care se afla acolo, în faţa lor, în faţa ei, din nou.

-Tu cine eşti? Vă cunoaşteţi? a întrebat Ryan, privindu-i pe rând.

-El e... noul director al clubului de echitaţie, Rashid Al'Khalla, a zis ea cu o voce care spera să nu îi trădeze emoţiile care o încercau din nou la revederea lui. Încerca să îşi controleze bătăile inimii, dar fără succes. Era ceva ce nu putea să controleze aşa cum şi-ar fi dorit în prezenţa lui.

-Mulţumesc, Kelly, dar mă pot prezenta şi

singur! a intervenit el zâmbindu-i, deşi avea o privire care numai relaxată nu părea, a observat ea. Sunt Rashid Al'Khalla, iar Kelly are dreptate, sunt noul director al acestui club de echitaţie! a zis el întinzându-i mâna.

-Eu sunt Ryan Niels, iubitul acestei femei minunate, a răspuns Ryan dând mâna cu el. Kelly simţea că va rămâne cât de curând fără aer, privindu-i pe cei doi cum îşi strângeau mâinile.

-Nu pot decât să fiu de acord cu tine! Kelly este, într-adevăr, o femeie minunată! Eşti norocos să fii iubitul ei! a zis Rashid cu o urmă de încordare în glas, lucru pe care ea l-a simţit, mai ales când a privit-o.

-Voi vă cunoaşteţi? a întrebat Ryan curios.

-De fapt...

-De fapt, noi am fost colegi în liceu şi de atunci ne cunoaştem, dar ne-am revăzut de curând, a răspuns Kelly tensionată, văzând că Rashid ridică o sprânceană şi zâmbeşte uşor. Nu putea permite ca Rashid să vorbească prea mult.

-Dacă vreţi, vă invit să beţi ceva în biroul meu.

E o ocazie tocmai bună pentru a depăna amintiri, nu-i așa, Kelly? a întrebat Rashid cu o voce joasă, privind-o îndelung.

-Da! a zis Ryan repede, după care și-a pus brațul în jurul taliei lui Kelly și a sărutat-o rapid pe obraz.

-Nu! De fapt, nu e o idee bună, noi suntem ocupați și... am venit doar să îl vedem rapid pe Shadow și tocmai plecam, a zis Kelly repede.

-Suntem ocupați? a întrebat Ryan, neînțelegând mesajul din spatele vorbelor ei.

-Da, foarte ocupați! Ryan, ai uitat că trebuie să mergem la film? Așa am stabilit zilele trecute, i-a zis ea privindu-l. Simțea că nu mai poate suporta să mai rămână acolo nicio secundă în plus. Liniștea ei interioară era din nou perturbată de singurul bărbat care avea un efect atât de puternic asupra ei, încât îi putea distruge echilibrul și scutul pe care și-l construise în jurul ei timp de atâția ani și îi putea topi, pur și simplu, inima doar privind-o.

-Da, așa e! a zis Ryan amintindu-și. Rămâne pe altă dată atunci, Rashid!

-Bine atunci, dar să nu uitați! a zis Rashid

zâmbind, dar în ochii lui ea a observat o umbră de tristeţe. Vizionare plăcută la film, mai adaugă el înainte să plece la fel de rapid precum venise.

-Ai vorbit serios, Kelly? a întrebat Ryan vesel.

-Da, sigur că da! Hai să mergem, a zis ea simţind nevoia să plece de acolo cât mai repede.

Filmul a fost unul romantic, fapt care îi adâncea lui Kelly starea de spirit pe care o avea de câteva zile, de când Rashid reapăruse în viaţa ei.

Ryan o îmbrăţişa şi i-a sărutat mâna la un moment dat, însă tot ceea ce era în mintea ei era o anumită privire, îmbrăţişare, un anumit sărut şi în special, un anumit bărbat, unul care nu era cel de lângă ea.

Kelly se simţea furioasă pe ea însăşi, dar nu avea ce să facă. Se pare că ceea ce simţea pentru Rashid ieşea la suprafaţă exact atunci când nu trebuia, în momentele cele mai nepotrivite. Ryan a condus-o apoi acasă. Drumul a fost destul de aglomerat şi Kelly a ajuns mai târziu decât se aştepta.

-Vrei să mănânci ceva?

-Nu, mulţumesc! a zis Ryan apropiindu-se de ea şi sărutând-o. Ştii, Kelly, în ultima vreme, de fiecare dată când trebuie să aleg vreun desert, mă gândesc la singurul desert cu adevărat delicios, i-a mai spus el în timp ce o îmbrăţişa.

-Hmm, să mă bucur sau nu, că mă compari cu un desert, a zis ea pe un ton glumeţ, încercând să se relaxeze în braţele lui.

-În mod sigur trebuie să te bucuri, fiindcă ştii deja ce se întâmplă cu deserturile... a zis el, sărutându-i încet gâtul.

-Se mănâncă? a întrebat ea pe un ton inocent.

-Se devorează! i-a răspuns Ryan, întorcând-o spre el şi sărutându-i buzele.

-Ce bine că asta e doar soarta deserturilor, a zis ea desprinzându-se uşor din braţele lui. Spre mirarea ei, nici nu îl mai putea săruta aşa cum o făcea până în urmă cu doar câteva zile.

-Kelly... te eschivezi din nou. De când suntem împreună nu am făcut decât să ne sărutăm, iar asta e puţin ciudat, trebuie să recunoşti. O relaţie nu se poate construi numai pe săruturi şi cred că eşti de acord cu mine. Ce te opreşte să fii a mea? a întrebat

el curios, ţinând-o în braţe, în timp ce stăteau pe canapea.

-Ryan, sunt de acord cu tine, dar ştii că am mai discutat despre asta şi... pur şi simplu nu pot, deocamdată.

-Da, ştiu, dar uneori am impresia că la mijloc e mai mult decât ceea ce îmi spui! Te iubesc, Kelly, iar tu nici măcar asta nu mi-ai putut spune. Nu ştiu ce să mai cred, decât că nu eşti atrasă de mine suficient, încât să te implici mai mult în relaţia asta! Ştiu că mi-ai cerut să am răbdare cu tine, dar trebuie să înţelegi că te iubesc şi te doresc şi e normal să îmi doresc să fiu cu tine şi în felul acela, a zis el mângâindu-i braţele. Când mâinile lui s-au îndreptat uşor spre sânii ei, ea l-a oprit. Vezi, abia pot să te ating! Ce să mai spun de faptul că nici nu m-ai lăsat să rămân peste noapte la tine, doar să te ţin în braţele mele în timp ce dormim, mai adaugă Ryan zâmbind amar.

-Ryan, eu... nu pot să îţi spun decât că te înţeleg, dar aşa sunt eu şi... ah, nici eu nu pot să îmi explic reacţiile, a zis ea respirând cu greutate.

-De ce ţi-e teamă, Kelly? Nu crezi că ar trebui să vorbim despre lucrurile astea? S-a întâmplat ceva în viaţa ta care te-a afectat atât de mult,

încât să nu suporţi să fii atinsă? a întrebat Ryan mângâindu-i obrazul.

-Din fericire nu e vorba despre ceea ce te gândeşti, Ryan! Eu mereu am încercat să nu te provoc intenţionat pentru ca tu să nu îmi reproşezi asta...

-Şi atunci, despre ce e vorba? Se presupune că atunci când doi oameni se iubesc şi se doresc ajung să facă şi acel lucru despre care tu eviţi mereu până să şi vorbeşti. Nu e vorba despre provocări, Kelly şi, oricum, tu nu trebuie să faci ceva ca să mă atragi, fiindcă eu sunt atras de tine în permanenţă, chiar şi când nu eşti lângă mine.

-Ryan, serios acum, nu vreau să vorbesc despre lucrurile astea! Dacă vrei să fii lângă mine trebuie să mă accepţi aşa cum sunt şi când un lucru e menit să se întâmple se va întâmpla, a zis ea simţind că obrajii ei prind culoare.

-Dacă tu spui asta, fie... nu îmi rămâne decât să am răbdare în continuare, nu-i aşa? i-a spus strângând-o mai puternic în braţe.

-Da... Ryan, eu te apreciez foarte mult şi ţin la tine, crede-mă! i-a spus Kelly mângâindu-i mâinile.

-Ştiu asta, dar aprecierea ta nu e suficientă. Sper ca sentimentele tale pentru mine să crească în timp. Lasă-mă să te întreb ceva, Kelly... ai fost îndrăgostită vreodată? a întrebat Ryan curios. De când erau împreună nu o întrebase asta şi era curios de tot ceea ce avea legătură cu ea.

-Ryan... zisese Kelly tresărind.

-Ce e? E doar o simplă întrebare, să nu îmi spui că te deranjează că te-am întrebat. Kelly, oricum pentru mine nu contează trecutul tău, eram doar curios, a zis el, jucându-se cu o şuviţă din părul ei.

-Da... dar nu vreau să mai vorbesc despre asta, a zis ea simţindu-se deodată puţin tensionată.

-De ce, te-a făcut să suferi? a întrebat Ryan grijuliu.

-Ryan, gata! Ajunge cu întrebările pe ziua de azi, te rog! i-a spus Kelly, desprinzându-se din îmbrăţişare.

-Bine, dacă tu aşa vrei! Se pare că oricum e destul de târziu şi nu am nicio şansă să rămân cu tine peste noapte! Voi pleca, dar ne vedem mâine, nu-i aşa? a spus Ryan îmbrăţişând-o.

-Desigur, Ryan! Mâine mergem la cumpărături, trebuie să îţi alegi un costum fiindcă în weekend mergem la nunta surorii mele, Ariana! a zis ea îmbrăţişându-l la rândul ei.

-Bine, ne vedem mâine şi nu uita că te iubesc, Kelly! a zis el privind-o atent.

-Ştiu, Ryan, ştiu. Ai grijă de tine!

Ryan a sărutat-o cu intensitate, de fiecare dată tot mai dornic de ea şi apoi a plecat. Kelly a făcut un duş, iar apoi s-a pus în pat încercând să adoarmă, spunându-şi că totul va fi bine cu Ryan. Îşi dorea asta foarte mult, îşi dorea să îl iubească şi să fie fericită alături de el. Îşi amintea şi de întâlnirea cu Rashid din ziua care se sfârşise şi încerca să ignore efectul pe care ochii lui îl aveau asupra ei. A oftat şi s-a întors pe partea cealaltă, impunându-şi să adoarmă.

Capitolul 4

Kelly s-a trezit de dimineaţă dintr-un vis. L-a visat pe Rashid, care o săruta şi o îmbrăţişa. Şi-a strâns mâinile în jurul genunchilor şi-a închis ochii pentru câteva secunde, retrăind visul pe care îl avusese, simţindu-se aproape bântuită de

el. De obicei, sărutul lui o liniştea, mai ales când avea şaisprezece ani, dar acum... nu putea să mai simtă toate acele lucruri când ea era într-o relaţie cu altcineva, nu era normal aşa ceva.

I se părea oribil din partea ei faptul că nu l-a visat pe Ryan nici măcar o dată de când erau împreună. În schimb, pe Rashid l-a visat mai des decât şi-ar fi dorit. Şi-a şters furioasă lacrima care aluneca încăpăţânată pe obraz şi s-a ridicat din pat, mergând spre bucătărie să îşi pregătească micul dejun. După ce a mâncat, s-a îmbrăcat într-o rochie lungă, roşie, de vară şi a mers până la magazinul cel mai apropiat de casă pentru a-i lua mâncarea preferată lui Carrie şi alte câteva cumpărături. A găsit printre rafturile pline de atâtea produse ceea ce căuta şi s-a pregătit să meargă la casa de marcat să plătească.

-Ţi-au plăcut florile, Kelly? a auzit vocea pe care ea a recunoscut-o imediat. S-a întors imediat, aproape tresărind, căci nu se aştepta să îl vadă pe Rashid tocmai acolo.

El stătea în faţa ei, rezemat de un raft şi privind-o cu atenţie. Kelly încerca să nu observe cât de bine arăta, îmbrăcat în blugii albaştri pe care îi purta, la care era asortată o cămaşă albastră în carouri.

-Bună, Rashid! Da, mi-au plăcut, mulțumesc, dar te rog să nu mai faci astfel de gesturi, nu sunt potrivite! a zis ea cu inima bătându-i mai repede.

Se simțea învăluită în privirea lui atunci când l-a auzit spunând:

-Pentru cine nu sunt potrivite, Kelly? a întrebat el venind spre ea încet, dar sigur.

-Pentru niciunul dintre noi, Rashid! Știi prea bine cum stau lucrurile. Acum, dacă mă scuzi, trebuie să plec, a zis Kelly întorcându-se să plece, dar el a prins-o ușor de braț.

-Kelly, ai vrea să ieșim să bem ceva, orice, nu știu, ce vrei tu... a zis el cu o privire rugătoare.

-Rashid, nu suntem singuri aici! a răspuns ea, privind agitată în jur la cei care se mai aflau în magazin.

-Ce s-ar întâmpla dacă am fi singuri, Kelly? a întrebat el cu un glas aproape șoptit.

-Nimic, Rashid, nimic! Nu pot să ies cu tine, am un iubit și nu vreau ca lumea să vorbească, a răspuns simțind încordarea bruscă ce o cuprindea.

-Te interesează mai mult vorbele oamenilor decât propria ta fericire, habibati? a întrebat lăsându-i brațul din mâna lui, îmbrățișând-o parcă din priviri.

-Rashid, nu mai vreau să aud toate astea, te rog! Încetează, serios, trebuie să plec acum! a zis ea neliniștită.

-Dacă nu ieși cu mine, florile vor continua să sosească și, cine știe, poate îi voi spune lui Ryan că nu suntem niște foști colegi de liceu! a spus privind-o serios. Kelly aproape că putea vedea flăcările din ochii lui.

-Nu poți să faci asta! a zis ea speriată.

-Pune-mă la încercare! i-a răspuns, afișând o siguranță care pe ea o agasa.

-Nu pot să cred că ai devenit o astfel de ființă, ce recurge la șantaj pentru a-și atinge scopurile, a zis ea vrând să îl rănească, având satisfacția de a vedea durere în ochii lui pentru câteva secunde, după care privirea lui s-a întunecat.

-Dacă doar asta te face să te răzgândești, asta voi face! Nevoia de tine m-a făcut să spun asta! a zis el privind-o cu o tandrețe care o topea.

-Bine, fie, vin cu tine acum, dar atât. Să nu se mai repete lucrul ăsta! a răspuns ea nervoasă, mai ales fiindcă el îi zâmbea provocator.

Kelly a mers să plătească produsele și l-a urmat apoi la mașina lui, unde și-a pus centura cu mâinile tremurânde, după care a privit pe geamul mașinii, fiind decisă să nu se uite la el.

-Unde mă duci? a întrebat curioasă.

-În locul în care te simți în largul tău: la clubul de echitație! i-a zis Rashid zâmbindu-i, căci ea îl privea în sfârșit.

-Și de unde știi tu că acolo mă simt eu în largul meu? i-a răspuns ea, iritată fiindcă el avea dreptate.

-Ți-am zis că știu multe lucruri despre tine, Kelly, a zis el atingându-i ușor mâna, mângâindu-i degetele, dar ea și-a retras mâna, simțind fiorii provocați de atingerea lui.

-Nu face asta, Rashid! Nu mă atinge, te rog! a spus oftând și respirând adânc.

-Nu mă pot abține! Când vine vorba de tine, nu mă mai recunosc nici eu! i-a mărturisit Rashid

privind-o, în timp ce îi deschidea portiera, căci între timp ajunseseră la club.

Kelly îl privea uimită, dar nu spunea nimic, oricum nu prea putea vorbi în acele momente și, oricum, i se părea că nu e nevoie să vorbească, pentru că el parcă îi ghicea gândurile dintr-o privire.

-Unde e toată lumea? a întrebat Kelly, știind că la ora aceea trebuia să fie prezenți cei care îngrijeau caii.

-Și-au terminat treaba și au plecat! Nu va mai fi nimeni aici până mâine! i-a răspuns privind-o concentrat.

-Și dacă animalele mai au nevoie de ceva, ce faci? a zis ea curioasă, mergând după Rashid spre boxele cailor.

-Mă ocup eu de ele! a spus el dându-și cămașa jos, rămânând la bustul gol.

-Nu îmi imaginam că un director ca tine se ocupă personal de cai, dacă e nevoie, a zis Kelly în timp ce stătea cu spatele la el.

-De fapt, tu nu știi multe lucruri despre mine,

Kelly, dar poți să îmi spui asta și uitându-te la mine! i-a zis Rashid râzând și venind în fața ei și observându-i roșeața din obraji, lucru care îl încânta.

-Eu... nu am vrut ca tu să te simți expus și de aceea m-am întors! i-a zis Kelly, gândindu-se rușinată că în ultimele zile a mințit mai mult decât a făcut-o vreodată.

-Nu îți mai face astfel de griji, îmi place să mă privești, i-a răspuns el zâmbind și mângâindu-i obrazul.

-Rashid... a zis ea închizând ochii pentru câteva secunde, dar apoi i-a deschis și s-a îndepărtat puțin. Era periculos să se afle la doar câțiva centimetri de el, să îi simtă parfumul și să își simtă bătăile inimii accelerate de prezența lui.

-Știu, știu. Vino cu mine! i-a răspuns Rashid zâmbindu-i, în timp ce o lua de mână.

-Unde, a întrebat Kelly precaută, însă nu și-a retras mâna din mâna lui. Se simțea atât de bine să meargă cu el așa, ținându-se de mână, chiar dacă știa că nu e potrivit să facă asta.

-Mergem să călărim! a zis el privind-o rapid şi pregătindu-l pe Shadow, care sărea şi necheza de bucurie.

-Dar de ce îl pregăteşti doar pe el, Shadow e calul meu, adică vreau să spun că...

-Ne vom plimba împreună cu Shadow! Vreau să îmi petrec ziua asta cu tine, Kelly! a zis el întrerupând-o şi zâmbindu-i provocator, ştiind că nu îi va fi suficient doar atât.

-Dar... a zis ea gândindu-se că trebuie să meargă cu Ryan la cumpărături mai târziu.

-Niciun dar, Kelly! Nu mai fi atât de agitată şi bucură-te de ziua asta, a zis el scoţându-l pe Shadow afară din boxă.

-Nu ar trebui să iei ceva pe tine, Rashid? a întrebat Kelly înghiţind cu greu la gândul că el urma să o ţină în braţe pe cal, fără tricou.

-Nu, nu mi-e rece, din contră, mi-e cald! i-a zis el zâmbindu-i şi întinzându-i mâna să o ajute să urce pe cal.

-Dar eu sunt în rochie, a zis Kelly căutând un

pretext pentru a nu urca pe cal, alături de el.

-Nu contează, vino odată! i-a spus Rashid râzând şi a urcat-o imediat pe cal, zăbovind puțin cu mâinile pe şoldurile ei până să îi dea semnalul lui Shadow să pornească. Kelly încerca să respire, să se concentreze la Shadow şi să facă abstracție de faptul că Rashid ţinea frâiele calului cu o mână, iar cealaltă mână se afla pe talia ei, ca să nu mai spună şi de faptul că îi simţea corpul puternic lipit de corpul ei, prin materialul subţire al rochiei.

Cel puţin era o rochie lungă, se gândea Kelly, iar asta o făcea să se simtă puţin mai bine. Câteva minute nu a vorbit niciunul dintre ei, ci doar se plimbau şi admirau peisajul.

-Nu îţi fie teamă, nu voi merge mai repede! a zis Rashid, simţind că ea respiră mai greu, la fel ca el, de altfel. Stai liniştită, nu vreau să cazi din nou de pe cal! i-a mai spus lipind-o de abdomenul lui, încercând să reziste tentaţiei de a o săruta pe gât şi multor altor imagini excitante care îi treceau prin minte.

-Povesteşte-mi despre tine, a zis ea simţind nevoia să spună ceva, fiindcă tăcerea era greu de suportat, dar şi din curiozitate. Încerca să ignore cât de bine era să îl simtă atât de aproape de ea,

precum şi respiraţia lui caldă pe gâtul ei.

Rashid i-a dat părul într-o parte şi i-a şoptit la ureche:

-Ce vrei să ştii, Kelly? a întrebat el simţindu-şi corpul încordat, corp care tânjea atât de mult după al ei.

-Totul! În general, desigur, a zis ea abia respirând, fiindcă avea fiori prin tot corpul din cauza lui, deşi încerca să fie atentă la frumosul peisaj din faţa lor.

-După ce tu ai plecat... a început să spună înghiţind cu greu, am urmat cursurile unei facultăţi de administrare a afacerilor, deşi tatăl meu ar fi vrut să mă ocup de afacerile lui. La început a fost foarte furios, dar apoi m-a lăsat în pace, avertizându-mă că dacă nu îl ajut cu afacerile lui, nici el nu îmi va plăti facultatea. Aşa am început să lucrez pentru a fi sigur că îmi voi îndeplini visul. Şi am lucrat în domenii legale, o asigură Rashid, încordându-şi maxilarul.

-Şi... mama ta? Nu mi-ai povestit despre ea, a zis Kelly aproape zâmbind.

-A murit când eram mic, aşa că nu am multe

amintiri cu ea, dar, din câte am văzut în poze, era o femeie frumoasă, iar de la diverse persoane am aflat că l-a iubit pe tatăl meu.

-Îmi pare rău, Rashid! a zis ea simțind că i se strânge inima pentru suferința lui. Nici nu putea fi altfel, din moment ce tu ești atât de... dar și-a mușcat limba realizând deodată ce era pe cale să spună.

-Cum sunt, Kelly, ce ai vrut să spui? a zis el mângâindu-i brațul cu tandrețe.

-Ă... nimic, nu mai contează, uită că am zis asta! a zis ea simțindu-se încurcată și emoționată ca o școlăriță.

-Dar chiar vreau să îmi spui, mă interesează părerea ta despre mine. Dacă nu îmi spui, te sărut, a zis lipindu-și buzele de gâtul ei.

-Rashid, te rog, nu glumi cu asta! l-a atenționat ea, încercând să se desprindă, dar era lipită de el cu amândouă mâinile, în timp ce Shadow stătea și păștea.

-Nu aș putea glumi cu asta, habibati! Mai ai doar o șansă să îmi spui, zisese el, atingându-i din nou gâtul cu buzele și mângâindu-i talia, simțind

cum dorința de a o avea era tot mai puternică.

-Frumos! Frumos, asta am vrut să spun, a zis Kelly furioasă pe momentul ei de slăbiciune. Ești mulțumit acum? a mai întrebat ea, dorind să îi îndepărteze mâinile de pe talia ei, dar Rashid și-a împletit degetele cu ale ei și o ținea așa, lângă el.

-Ei, vezi că se poate dacă vrei? Mă bucur că mă consideri frumos, dar și tu ești foarte frumoasă, Kelly. Ceea ce mă intrigă e faptul că te sperie ideea că te-aș putea săruta...

-Nu e adevărat! a zis ea, mințind.

-Nu te cred! a spus el începând să o sărute pe gât, simțind că nu se va ierta pe sine însuși dacă nu face ceea ce îi spune inima.

-Rashid! Încetează, te rog, dă-mi drumul! a zis Kelly cu un glas slab, căci o parte din ea savura felul în care el o săruta. Rashid îi dădea niște senzații pe care Ryan nu reușise să i le ofere, iar asta o neliniștea.

-Așa te sărută și el, habibati? Așa te simți și în brațele lui? Îl dorești la fel de mult cum mă dorești pe mine, jamil? Cine e cu adevărat în gândurile tale, ziua, dar și înainte să adormi și noaptea: el sau

eu? a întrebat Rashid printre sărutările pe care i le presăra pe gât, înfiorând-o de plăcere pe Kelly. Ştii că mi-aş dori să nu mai pleci şi să rămâi aici, cu mine, nu-i aşa? El nu te va face niciodată fericită aşa cum te-aş face eu, habibati. Chiar crezi că ne vom putea continua vieţile, nefiind împreună? Nu pot suporta gândul că el te ţine noaptea în braţe, când ar trebui să fiu eu în locul lui. Acum patru ani spuneai că mă vei păstra în inima ta, iar eu îţi spuneam acelaşi lucru. Mai sunt acolo, habibati, mai sunt în inima ta? Ai idee că hayati[3] a fost ca un sahra'[4] de când tu ai plecat, un deşert din care tot ce îmi doream era să ies şi să te regăsesc, fiindcă tu eşti baladi wahh hudu'[5] de care am atât de mare nevoie. Spune-mi că simţi la fel ca mine, Kelly! i-a zis Rashid strângând-o tot mai puternic în braţe.

Kelly simţea că fiecare cuvânt de-al lui era ca un fier înroşit care îi atingea pielea şi inima, iar o lacrimă i-a alunecat pe obraz la gândul că ar fi putut fi ceva frumos între ei dacă nu ar fi fost atâtea lucruri care să îi separe...

-Ce e asta, jamil? Plângi? De ce? Înţelegi cuvintele pe care ţi le-am spus? a întrebat el, ştergându-i lacrima şi sărutându-i obrazul.

-Am învăţat câteva cuvinte mai demult...

[3] Hayati = viaţa mea
[4] Sahra'=deşert
[5] baladi wahh hudu'=oaza mea de linişte

Rashid, du-mă acasă, doar du-mă acasă. Acum! a zis ea încercând să coboare de pe cal, iar el a urmat-o.

-Uită-te la mine, Kelly! a zis el ridicându-i bărbia, observându-i ochii trişti. Vorbeşte cu mine, jamil. Am atât de multă nevoie de tine, i-a mai spus îmbrăţişând-o, dar ea l-a respins.

-Te rog, du-mă acasă! i-a zis Kelly încercând să oprească lacrimile care îi invadau ochii. Rashid, te rog, pentru binele amândurora, încearcă să înţelegi că nu poate fi nimic între noi, a mai spus ea întorcându-se cu spatele la el şi ştergându-şi lacrimile. Este ultima dată când mai încerci să te apropii de mine, te avertizez, Rashid. Nu e moral şi corect ceea ce îmi faci. Dacă îmi mai faci asta, voi pleca departe de aici şi nu mă vei mai găsi niciodată, a adăugat Kelly, simţind că o doare fiecare cuvânt pe care îl spune.

-Te voi găsi oriunde te-ai duce, habibati, iar tu ştii asta! Te duc acasă, dar nu voi renunţa niciodată la tine, fiindcă ştiu ce simţim când buzele noastre se unesc şi atunci când te îmbrăţişez. Suntem meniţi să fim împreună chiar dacă tu te opui! Când vei înţelege asta? a zis el, luând-o de mână, dar Kelly şi-a retras mâna.

-De ce trebuie să fii atât de încăpăţânat,

Rashid? Chiar nu poţi accepta un refuz de la o femeie? a zis ea, mergând spre maşină.

Rashid a ajuns-o din urmă şi a prins-o de braţ.

-Nu, fiindcă ştiu că îţi doreşti acelaşi lucru ca şi mine, Kelly şi te voi face să recunoşti asta, i-a zis el sărutând-o cât de tandru putea, în timp ce o înlănţuia cu braţele lui.

-Cum îndrăzneşti să mă săruţi iar? a zis ea furioasă, atât pe el, cât şi pe reacţiile corpului ei. Tremura când Rashid o atingea, o săruta şi o îmbrăţişa.

-Fiindcă e atât de bine când te sărut, mai ales că te simt tremurând în braţele mele! Până la urmă, dacă e vorba de Ryan, voi doi nu sunteţi căsătoriţi, iar tu nu arăţi ca o femeie îndrăgostită, Kelly.

-Totul e rodul imaginaţiei tale bolnave, Rashid! Dă-mi drumul! a zis ea, ieşind din braţele lui, însă era îmbrăţişată din nou.

-Dacă tot vorbim despre boli, spune-mi Kelly, de ce ai nevoie să mergi la psiholog? Da, ştiu şi asta, i-a zis el, văzându-i privirea uimită. Ce se întâmplă cu tine, habibati?

-Nu te priveşte pe tine, aşa cum nu te priveşte nimic din ceea ce fac, Rashid! Ascultă-mă, dacă vrei putem încerca să fim amici, dar...

-Interesantă ofertă, dar sunt nevoit să te refuz. Nu te-aş putea vedea niciodată ca pe o prietenă, Kelly! Pe o prietenă nu o doreşti şi nu o vrei lângă tine aşa cum simt eu în legătură cu tine, i-a zis Rashid mângâindu-i obrazul. Respiră, jamil, nu am de gând să te am acum, aici. Te duc acasă, stai liniştită! a adăugat el privind-o cu o dorinţă pe care nu o mai putea ascunde şi a lăsat-o din braţe.

Kelly nu a scos o vorbă tot drumul. Era furioasă pe ea însăşi: pe de o parte era atât de atrasă de el şi tentată să se lase în voia sentimentelor, dar pe de altă parte nu putea face acest lucru, iar lupta interioară pe care o ducea o destabiliza uneori.

Nici Rashid nu spunea nimic, dar o privea cu coada ochiului când avea ocazia. Kelly îi părea atât de vulnerabilă, încât ar fi vrut să o îmbrăţişeze şi să nu îi mai dea drumul vreodată din braţele lui. Când au ajuns acasă, Kelly a descuiat uşa, iar el a urmat-o înainte ca ea să se opună.

-Bine, sunt acasă acum, mulţumesc fiindcă m-ai adus, dar Ryan trebuie să sosească, aşa că te rog să pleci, i-a zis ea aşezându-se pe canapea,

privindu-l cu o anumită curiozitate, dar şi cu o doză de teamă.

-Voi pleca, dar nu înainte de asta! a zis Rashid venind spre ea şi începând să o sărute cu blândeţe, gustându-i buzele într-un fel în care distrugea puţin câte puţin bariera pe care Kelly o stabilise între ei. Rashid a sărutat-o apoi pe gât, lăsându-i urme fierbinţi pe piele şi a îmbrăţişat-o, mângâindu-i spatele şi coborându-i de pe umăr o bretea a rochiei, după care i-a sărutat umărul.

-Opreşte-te, Rashid, te rog! a zis ea ameţită de vâltoarea senzaţiilor care o cuprindeau. Şi-a ridicat breteaua înapoi pe umăr şi l-a privit temătoare.

-Nu m-aş mai opri, jamil. Aş putea face asta zi şi noapte şi tot nu m-aş sătura să îţi gust şi să îţi simt trupul. Spune-mi că nu simţi ceva aici când te ating, a zis Rashid, mângâindu-i abdomenul. Kelly şi-a închis ochii savurând pentru o clipă senzaţia pe care el i-o oferea. Se simţea atât de bine şi atât de vinovată în acelaşi timp.

Rashid şi-a aşezat capul pe abdomenul ei şi apoi a sărutat-o, iar ea îl simţea prin materialul subţire al rochiei, mai ales că el era tot la bustul gol.

-Rashid, te rog, trebuie să pleci! a zis ea, respirând greu.

-Când vei înceta farsa asta? Când vei înceta să ne mai chinui pe amândoi, Jamil? Tu nu ai idee că îmi doresc să te am în fiecare noapte şi să te acopăr cu sărutările mele? Dacă nu simţeai nimic pentru mine nu mi-ai fi permis să stau aşa, ca acum, i-a spus el mângâindu-i abdomenul şi privind-o.

-Ai dreptate, Rashid! A fost doar un moment de slăbiciune care nu se va repeta! a zis ea, ridicându-se ca arsă de pe canapea. Te rog să pleci şi să nu îmi mai vorbeşti aşa. Acum! a mai spus Kelly, simţind nevoia să îl ţină la distanţă.

Rashid s-a ridicat privind-o uimit, dar a îmbrăţişat-o din spate, punându-şi braţele exact sub sânii ei.

-Într-o zi nu mă vei mai opri, Jamil, iar atunci vom fi amândoi fericiţi cu adevărat, i-a spus Rashid, sărutând-o încă o dată pe gât, după care a plecat trântind uşa.

Kelly şi-a închis ochii şi a rămas pe loc câteva clipe, iar apoi s-a aşezat pe canapea şi a început să plângă uşor, gândindu-se că viaţa e atât de nedreaptă cu ea: când a început să aibă o viaţă cât

de cât normală, Rashid a apărut din nou, începând să o tulbure. Nu știa cât va mai rezista să îl înfrunte și să se convingă chiar și pe ea însăși că nu simte nimic pentru el.

Câteva ore mai târziu, Kelly se afla la cumpărături cu Ryan, care nu era sigur care dintre cele două costume pe care și le-a ales îi venea mai bine.

-Acesta îți vine foarte bine! a zis Kelly privindu-l cu atenție, încercând să se concentreze, deși gândurile ei erau în altă parte. Ryan avea în acel moment un costum de culoare albastră, iar cămașa era albă.

-Dacă tu spui, atunci rămâne ăsta, a zis el intrând din nou în cabina de probă.

Kelly își privea ceasul. S-a făcut deja seară și trebuia să ajungă acasă. Nu îi venea să creadă că mâine va asista la nunta surorii ei, Ariana. Nu o mai văzuse de câteva luni și abia aștepta să o revadă. Spera din toată inima să fie fericită alături de Casey Mittchel, iubitul ei. Nu avea nicio îndoială că așa va fi, mai ales că, din cât a reușit să îl cunoască pe viitorul ei cumnat, acesta părea o persoană potrivită pentru Ariana. Kelly și-a amintit ziua în care sora sa i-a povestit cum l-a cunoscut pe Casey. El a venit la sala de gimnastică

unde lucra ea ca antrenoare de aerobic, iar el era noul instructor de gimnastică. Ryan a ieşit în scurt timp din cabina de probă şi arăta foarte bine în blugii negri şi cămaşă albă.

-Ce ai spune să mergem la cofetărie, ştiu că îţi place să mergem acolo atunci când avem ocazia, a zis punându-şi braţul în jurul taliei ei.

-Îmi pare rău, Ryan, dar acum nu îmi doresc decât să ajung acasă! i-a zis Kelly, simţind deodată nevoia să fie singură.

-Bine, te conduc acasă! a zis el, după care au plecat în grabă.

Capitolul 5

În ziua următoare, Kelly se afla în maşină cu Ryan, Jane şi Antonio, în drum spre casa mamei ei. Ea şi Jane stăteau pe locurile din spate, Ryan conducea, iar în dreapta lui se afla Antonio. Vremea era frumoasă, iar ei îi plăcea acest lucru. În timp ce Ryan conducea, ea admira peisajul, simţindu-se dornică să îşi revadă mama şi sora şi să asiste la nunta acesteia. Nu mai fusese de ceva timp la o nuntă, iar astfel de evenimente o emoţionau de fiecare dată, chiar dacă nu lăsa să se vadă.

-Cum te simţi, Kelly? a întrebat Ryan, atingându-i uşor mâna.

-Bine! a zis ea, răspunzând mecanic la întrebare. Avea impresia că s-a obişnuit deja cu asta, să se amăgească pe ea însăşi că e bine, că va fi bine, când, de fapt, în loc să trăiască, doar exista... însă nu voia să se mai gândească la lucruri triste, ci să se bucure de revederea celor două persoane la care ţinea.

Drumul s-a parcurs repede fiindcă cei patru tineri au povestit încontinuu.

-Abia aştept să o văd pe Ariana mireasă! a zis Jane entuziasmată.

-Şi eu, i-a spus Kelly zâmbind.

La un moment dat, ei au ajuns la destinaţie. După ce au coborât din maşină au fost întâmpinaţi cu îmbrăţişări călduroase de către Helena şi Ariana.

-Bine aţi venit, vă aşteptam de ceva vreme! a zis Helena, îmbrăţişându-şi fiica pe care nu o mai văzuse de câteva luni.

-Bine că mă mărit, căci altfel cine ştie când

mai veneai pe aici, a zis râzând Ariana, după care a strâns-o în brațe pe Kelly.

-Nu exagera, știi că atunci când am timp vin aici, a zis ea, îmbrățișându-și sora la rândul ei. După ce s-au îmbrățișat cu toții, Helena i-a invitat să mănânce, fiindcă în mod sigur le era foame după un drum atât de lung.

-Și, cum a fost drumul până aici? a zis Helena curioasă.

-Aglomerat, a zis Kelly, savurând gustul mâncării.

-Când primim invitație la nuntă de la voi? a zis Ariana cu un zâmbet în colțul buzelor, în timp ce își ducea o șuviță roșcată după ureche.

-Mereu atât de directă! a zis Kelly privind-o, simțindu-se puțin încolțită.

-Iar tu mereu atât de serioasă! a zis Ariana, râzând și tachinând-o.

Ușa s-a deschis, iar Casey și-a făcut apariția în bucătărie, mergând spre Ariana pe care a sărutat-o rapid pe buze.

-Bună, tuturor! Întrerup ceva? a întrebat în timp ce se așeza la masă.

-Nu, deloc, ai ajuns la timp pentru o nouă rundă de tachinări între surori! a zis Helena râzând.

Ariana a vrut să se ridice și să îi aducă și lui o farfurie, dar el a oprit-o.

-Îmi iau eu, stai liniștită și mănâncă, a zis Casey privind-o cu drag, lucru care a fost observat de toți cei care erau acolo. Ariana a zâmbit și a continuat să mănânce, iar apoi l-a prezentat pe Casey lui Antonio.

-Deci mâine e marele eveniment. Cum se simte mireasa? a zis Jane zâmbitoare.

-Cred că se vede pe mine, a răspuns ea, simțind că radiază de fericire, iar Casey a prins-o de mână și i-a sărutat-o. Abia aștept ziua de mâine, a mai spus Ariana zâmbind și simțind că i se umezesc ochii, iar femeile din încăpere simțeau același lucru.

-Haideți să vă arăt camera, a zis Helena către Jane, simțind că trebuie să destindă atmosfera. Jane a urmat-o pe Helena, iar băieții au plecat să

vadă împrejurimile.

-Deci cum merg lucrurile între tine şi Ryan, Kelly? a întrebat Ariana atunci când au rămas doar ele în bucătărie, în timp ce strângeau de pe masă.

-Bine! a zis ea repede, în timp ce se ocupa de spălatul farfuriilor.

-Eşti sigură? a întrebat Ariana, privind-o cu atenţie.

-Da, de ce nu aş fi? a zis Kelly, adoptând un ton nepăsător.

-Poate fiindcă nu îl priveşti aşa cum îl privesc eu pe Casey, a răspuns visătoare.

-Există mai multe tipuri de iubire, Ariana! a zis Kelly, dorind să pară mai dură decât era de fapt.

-Vreau doar să fii fericită, surioară! a spus Ariana, îmbrăţişând-o.

-Şi eu vreau ca tu să fii fericită, i-a spus Kelly cu sinceritate.

-Abia aştept să vă văd în ţinutele de domnişoare de onoare pe tine şi pe Jane!

-Şi eu, a spus şi Kelly zâmbitoare. Cine te va duce la altar? a întrebat ea curioasă.

-Un prieten foarte bun de-al lui Casey, a zis Ariana simţind că se întristează puţin deodată. Kelly a privit-o şi a ştiut cauza tristeţii surorii sale. Ar fi vrut să fie condusă la altar de către tatăl ei, dar acest lucru era imposibil.

-Vino aici! a zis Kelly, îmbrăţişându-şi strâns sora. Totul va fi bine. El ne vede de acolo, de sus şi sunt sigură că e alături de noi, a spus simţindu-şi vocea frântă. Tatăl lor le lipsea chiar şi acum, după atâţia ani de când nu mai era lângă ele.

-Mulţumesc, Kelly! Hai să mergem afară sau vom plânge şi vom fi date dispărute de către băieţi.

-Ai dreptate! Haide, să mergem afară! E o vreme atât de frumoasă, sunt sigură că va fi la fel şi mâine! a zis ea regăsindu-şi zâmbetul.

Cele două surori au mers apoi în curte, aşezându-se pe scaune, în foişorul încăpător de lângă casă. Seara a venit pe nesimţite, iar după

ce au servit cina, au mers cu toții în camerele lor. După ce a sărutat-o lung pe Ariana, Casey a plecat acasă, urmând să se revadă în ziua următoare pentru a-și uni destinele și pentru a se iubi pentru totdeauna.

-Știi că asta e prima dată când dormim împreună, a zis Ryan luând-o în brațe pe Kelly atunci când au ajuns în cameră.

-Da, știu! a zis Kelly simțindu-se emoționată. Era pentru prima dată când dormea cu un alt bărbat în afară de Rashid. Gândul care o ducea la el o tulbura din nou, dar poate că Ryan îi va alunga amintirea, se gândea ea cu speranță.

Ryan s-a dus să facă un duș, iar apoi a mers și Kelly, fiind conștientă de privirea lui doritoare. În timp ce Kelly făcea duș, își amintea vorbele lui Rashid:

Să nu mă uiți niciodată, habibati...

Kelly a strâns din ochi, dar o lacrimă i-a curs pe obraz, căci a retrăit toate momentele cu el, inclusiv cele recente, iar acestea erau cele mai intense și încărcate de sentimente diverse. Când a terminat dușul, Kelly a mers în cameră, aceeași cameră de când era mică, camera copilăriei sale.

Când era mică, acum patru ani, își imagina de atâtea ori că singurul bărbat care va intra în camera ei va fi cel pe care îl iubește cu adevărat... Însă viața nu era un basm, oricât și-ar fi dorit, se gândea ea în timp ce mergea spre pat, acolo unde o aștepta Ryan.

Kelly s-a întins în pat, iar Ryan a început să o sărute.

-Ești frumoasă, Kelly! Ți-am mai spus asta? a întrebat-o el, privind-o cu drag.

-Da, Ryan, mi-ai mai spus, a zis ea, încercând să zâmbească. Și tu ești foarte frumos, a completat și ea, după care l-a sărutat, încercând să se piardă cu totul în el și să îi dăruiască mai mult. Kelly a închis ochii și s-a lăsat în voia sărutărilor lui Ryan, iar el o săruta și o atingea încet, mângâindu-i trupul care era acoperit doar de o cămașă subțire de noapte. Ea îi simțea mâinile pe abdomenul ei, iar la un moment dat mâinile lui au urcat încet spre sâni, dar ea l-a oprit, simțind că e de ajuns.

De fapt, simțea că nu poate să îl lase să o atingă, pur și simplu nu putea. Corpul ei nu reacționa la atingerile lui sau cel puțin nu așa cum reacționa atunci când era Rashid lângă ea. Nu suporta faptul că el apărea mereu în gândul ei, chiar și

când încerca să şteargă amintirea sărutărilor şi mângâierilor lui.

Kelly i-a dat mâinile lui Ryan la o parte, ştiind că se comportă prosteşte în opinia lui, dar simţea un blocaj emoţional pe care nu îl putea depăşi. Ryan şi-a trecut mâna prin păr, a înghiţit în sec, dar nu i-a spus nimic. În schimb, a luat-o în braţe.

-Noapte bună, Kelly! a spus el deja obişnuit cu reacţiile ei, însă asta nu însemna că o înţelegea. Spera doar ca, odată cu trecerea timpului, să ajungă să o înţeleagă, căci nu reuşea să dezlege misterul care o învăluia.

-Noapte bună, Ryan! zisese ea sperând să nu se încurce vreodată şi să spună alt nume în loc de Ryan...

Deşi Ryan era cel care o ţinea în braţele lui, lipită de corpul său, în gândul şi în inima ei, Kelly îşi imagina că cel care o ţine astfel este acelaşi căruia i-a dăruit inima ei acum patru ani...

Kelly se învinovăţea pentru toate astea, dar nu avea cum să lupte împotriva a ceea ce simţea cu adevărat. Trebuia să ia o decizie finală cât mai repede, altfel simţea că va înnebuni cu totul dacă va mai continua să lupte cu ea însăşi.

Astfel, ea a adormit cu greu gândindu-se la Rashid și la cât rău îi face fiindcă nu o lasă să își continue viața în liniște, alături de Ryan.

Capitolul 6

În ziua următoare, Kelly, Jane și Helena o ajutau pe Ariana să se pregătească.

-Ești foarte frumoasă, Ariana! a zis Kelly, privind-o cu drag.

Ariana purta o rochie tip prințesă, iar părul era strâns într-un coc, din care ieșea o șuviță într-o parte.

Ea s-a mai privit o dată în oglindă și i-a plăcut ce vede. Arăta fabulos și era convinsă că și lui Casey îi va plăcea.

-Ești minunată, Ariana! a spus Helena îmbrățișând-o, iar Jane și Kelly au făcut la fel.

-Haide, du-te acolo și ia-ți prințul! i-a zis Jane zâmbitoare.

-Unde ți-e cavalerul? a întrebat Kelly, privindu-se la rândul ei în oglindă. Părul ei șaten era întins,

iar rochia roşie îi venea superb, nefiind nici prea decoltată, nici prea scurtă, ci exact aşa cum îi plăcea.

-Mergeţi înainte, vine şi el imediat! Casey m-a sunat acum câteva minute să mă anunţe!

Cele trei femei au ieşit din cameră şi au păşit încet, dar sigur spre maşină, unde Ryan şi Antonio le aşteptau, iar Ariana urma să vină cu prietenul lui Casey. După un drum care a durat cam jumătate de oră, au ajuns cu toţii la locul unde urma să aibă loc ceremonia.

Jane şi Kelly au intrat primele în biserică şi au păşit încet spre locul din apropierea mirilor, acolo unde Casey aştepta deja. Ele purtau în mâini nişte buchete mai mici de flori albe, fiind urmate de Antonio şi Ryan.

Biserica era plină de flori şi de invitaţi care aşteptau ceremonia. Kelly a înaintat emoţionată spre locul unde urma să rămână apoi, privind încântată tot ceea ce o înconjura. Totul era atât de frumos, de minunat, de perfect... se gândea zâmbind, gândindu-se pentru o secundă la ea în postura de mireasă.

După câteva minute, cele două domnişoare de onoare au ajuns la locurile lor, s-au oprit, iar cei

doi cavaleri ai lor au făcut același lucru, oprindu-se în fața mirelui. Și-au zâmbit cu toții, iar acum așteptau sosirea miresei.

În scurt timp, Ariana și-a făcut apariția la brațul cavalerului ei, lăsându-i pe toți uimiți de încântare. Ea venea ușor, privind atentă în jurul ei, iar apoi și-a îndreptat toată atenția asupra lui Casey, și amândoi s-au privit cu drag.

Kelly o privea fericită și încântată pe sora ei, dar a simțit că rămâne fără aer când a văzut că sora ei era condusă către mirele ei de către cavalerul de onoare misterios, prietenul lui Casey, Rashid Al'Khalla, iar el a privit-o neîncetat, zâmbitor, încă de când a intrat în biserică alături de sora ei.

După ce a trecut de starea de uimire văzându-l tocmai pe el alături de sora ei și trecându-i prin minte o mulțime de întrebări, Kelly s-a pomenit privindu-l cu atenție, analizându-l, iar aerul era tot mai puțin în biserică, deși ușile erau deschise.

Rashid arăta atât de bine în costumul gri, iar cămașa albă nu făcea decât să îi sporească frumusețea, punându-i în evidență bustul. Într-un cuvânt, era cuceritor ca de fiecare dată, s-a gândit Kelly mustrându-se în gând.

Kelly a privit apoi cum Rashid o încredințează pe sora ei mirelui, lui Casey, iar apoi rămâne acolo, fiind chiar față în față cu ea și privind-o așa cum doar el putea să o facă, zdruncinând-o pe interior. Kelly și-a îndreptat apoi atenția asupra mirilor, căci slujba a început.

În timpul slujbei, ea era conștientă de privirea lui Rashid ațintită asupra ei, dar și de felul în care o privea Ryan și s-a simțit puțin incomod.

Slujba a fost minunată și emoționantă, iar atunci când mirii și-au dat primul sărut ca soț și soție, un impuls a făcut-o pe Kelly să privească în ochii lui Rashid. A simțit un fior care a străbătut-o prin tot corpul, căci și el o privea cu o intensitate care o intimida, dar o și fermeca în același timp, oricât ar fi vrut să se opună și să fie rațională. Era tot mai conștientă că, atunci când era vorba de Rashid, rațiunea nu o mai ajută, iar asta o îngrozea.

După slujbă, mirii au fost felicitați de către invitați, iar când Kelly i-a felicitat la rândul ei, îmbrățișându-i, Ariana i-a spus cu un zâmbet larg pe chip:

-Draga mea soră, Kelly, acesta este cel mai bun prieten al lui Casey. Fă cunoștință cu Rashid Al'Khalla.

Când Rashid a vrut să o ia de mână, ea și-a ținut mâna lipită de corp.

-Ne cunoaștem, Ariana, a zis Kelly cu o voce mai joasă decât de obicei, uitând că trebuie să zâmbească, în timp ce el stătea în fața ei și o privea.

-Dar ce serioasă ai devenit, surioară! a zis Ariana, observând schimbarea bruscă a surorii ei. Cu atât mai bine dacă vă cunoașteți, a mai spus ea privindu-i.

-Este de fiecare dată o plăcere să te revăd, Kelly, a spus Rashid zâmbitor, luându-i mâna și sărutând-o, sub privirea ei întunecată, nebănuind parcă efectul pe care îl avea asupra ei. Iar tu, Ariana ești o mireasă superbă. Prietenul meu Casey a făcut o alegere foarte bună, a mai zis el cu un glas cuceritor. Ariana i-a zâmbit fericită, iar apoi a primit cu drag felicitările celorlalți invitați.

-Frumoasă ceremonie, nu-i așa, Kelly? a întrebat Rashid, privind-o din nou cu o concentrare care o făcea să simtă că nu e suficient loc acolo pentru ei doi.

-Da, foarte frumoasă! Mă scuzi, eu trebuie să plec la sala unde va avea loc petrecerea, a zis ea, încercând să aibă un ton neutru, după care s-a

întors, îndreptându-şi umerii şi plecând de lângă el. Înainte de a se întoarce, Kelly a reuşit să vadă cu coada ochiului că el se uita după ea, iar asta a făcut-o să respire adânc şi să se grăbească spre Ryan, care o aştepta.

Au mers apoi cu toţii spre sala unde urma să fie petrecerea de nuntă, iar odată ajunşi acolo, şi-au ocupat cu toţii locurile. Sala arăta magnific, cu decoraţiunile specifice unei nunţi. Ariana privea cu încântare totul, iar Casey a început să o sărute în timp ce dansau dansul mirilor.

-S-a întâmplat ceva, Kelly?

Kelly a auzit ca prin vis vocea prietenei ei, Jane. Era atentă la cei doi îndrăgostiţi care dansau şi se sărutau fericiţi, încercând să ignore faptul că Rashid era aşezat la doar câteva scaune distanţă, aproape vis-a-vis de ea, la aceeaşi masă.

-Scuză-mă, nu eram atentă. Ce spuneai? a întrebat ea, simţindu-se puţin vinovată.

-Te întrebam ce e cu tine, arăţi de parcă ai fi văzut o fantomă! a zis Jane, privind-o atentă.

-Asta fiindcă aşa mă simt, a zis Kelly, adunându-şi curajul şi privind-o pe Jane.

-De ce spui asta, la ce te referi? a întrebat Jane nelămurită.

-L-ai văzut pe cavalerul de onoare al surorii mele?

-Te referi la bărbatul acela fermecător după care aproape că aș suspina și eu dacă nu aș avea inima ocupată deja? În mod sigur l-am văzut, a zis Jane zâmbind.

-Jane, nu e amuzant. El e Rashid, a zis Kelly serioasă, evitând să privească din nou spre el.

-Acel Rashid? a întrebat Jane uimită. Zâmbetul i-a pierit când a văzut chipul trist al prietenei ei.

-Da, a zis Kelly văzând că se apropie Ryan de masa lor.

-Cum se poate așa ceva? a zis Jane surprinsă.

-Fiindcă se pare că el și cumnatul meu sunt prieteni, foarte buni prieteni, a spus Kelly, simțindu-se ușor agitată.

-Ce ironie a sorții, draga mea! Numai tu poți să ai norocul ăsta! a zis Jane, compătimind-o.

-Da... oricum vine Ryan, aşa că... mai vorbim altă dată despre asta, a zis Kelly, prudentă.

-Ce mai face cea mai frumoasă femeie de la petrecerea asta? a zis Ryan, înconjurând-o pe Kelly cu braţele lui şi sărutând-o pe obraz.

-Încercam să mă decid dacă să gust din aperitiv sau să mai aştept, a zis ea zâmbindu-i, moment în care a văzut cum Rashid o fixa cu privirea, iar asta a făcut-o să se concentreze asupra lui Ryan.

-Până te decizi, haide să dansăm, a zis Ryan zâmbitor.

-Bine, a zis ea făcând un efort să se relaxeze în timp ce se ridica de pe scaun şi se lăsa condusă de el printre ceilalţi invitaţi care dansau.

-Eşti foarte frumoasă, Kelly. Cum te simţi? a întrebat Ryan, ţinând-o de mijloc şi dansând în ritmul melodiei lente, savurând apropierea lor.

-Mulţumesc, dar şi tu arăţi foarte bine, Ryan! Sunt bine, de ce întrebi? a zis Kelly, văzându-i pe Jane şi Antonio, care dansau aproape de ei, dar şi pe sora ei care dansa cu Rashid.

-Păreai puţin tristă atunci când m-am apropiat

de tine şi de Jane, acolo, la masă, i-a zis Ryan, în timp ce îi atingea obrazul.

-Ţi s-a părut. Sunt bine, stai liniştit! a zis Kelly zâmbindu-i, pentru a-l linişti. Încerca să se bucure de el, de dansul acela, de gesturile lui frumoase, însă parcă nimic nu mai era suficient.

În ultima vreme, parcă nu mai ştia ce îşi doreşte cu adevărat, iar asta o deruta. Ştia că de obicei e raţională şi atentă să nu facă ceva greşit, dar avea momente pe care nici ea nu şi le putea explica.

La finalul dansului, Kelly a ieşit din sală. Simţea nevoia să fie singură, să respire aerul răcoros al nopţii şi să se regăsească.

Odată ajunsă afară, ea a mers până în dreptul unei balustrade de care s-a sprijinit, închizând ochii şi inspirând aerul care o răcorea aşa cum îşi dorise. Era pregătită să se întoarcă în sală, când o voce a făcut-o să tresară.

-Aici te ascunzi, Kelly?

Ea s-a întors repede şi l-a văzut pe Rashid stând la câţiva metri de ea. Nici măcar nu l-a simţit venind, iar asta a surprins-o.

-Nu mă ascund, am ieşit puţin, i-a răspuns Kelly, încercând să îşi controleze bătăile inimii.

-Nu e puţin cam rece pentru ca tu să stai aşa, doar în rochia aia? a întrebat el, venind încet, dar sigur spre ea.

-Sunt bine, a zis ea clipind des, căutând în mintea ei o cale de a pleca repede înapoi. Nu îşi putea asuma riscul ca el să fie acolo, atât de aproape, hipnotizând-o cu privirea lui, în timp ce ea simţea că nu mai poate să facă niciun pas.

-Eşti bine, Kelly, chiar eşti? a întrebat el, ajungând lângă ea.

-Da, sigur, de ce nu aş fi? i-a răspuns Kelly înghiţind greu, căci Rashid s-a aşezat lângă ea şi îşi ţinea braţele încrucişate.

-Te-am surprins din nou azi, nu-i aşa? a întrebat el, fixând-o cu privirea.

-La ce te referi? l-a întrebat ea, neputându-se abţine.

-Nu te aşteptai să fiu chiar eu cavalerul de onoare al surorii tale şi prietenul cel mai bun al lui Casey, adică unul ca mine, nu-i aşa? a zis Rashid,

iar în vocea lui ea a simţit o urmă de tristeţe.

-Nu sunt eu în măsură să am o opinie în legătură cu tine, Rashid. Ceea ce faci, ceea ce eşti te priveşte şi nici eu sau altcineva nu ar trebui să te facă să te simţi într-un anumit mod. Adică nu ar trebui să permiţi nimănui să facă asta. Tu eşti diferit de ceilalţi din anturajul tatălui tău, aşa că... trebuie doar să încerci să fii mai puternic, mai fericit şi împăcat cu tine însuţi, i-a spus Kelly nevenindu-i să creadă că vorbeşte astfel cu el, în loc să plece de acolo cât mai repede.

-Şi tu? Tu ce crezi, mă poţi ierta pentru greşelile tatălui meu? i-a zis el, privind-o într-un fel ciudat.

-Nu am pentru ce să te iert şi nici ce să îţi reproşez, Rashid. Tu ai fost singurul care s-a purtat într-un mod uman cu mine... a spus ea închizând ochii, simţind că se eliberează încet, încet de nişte lucruri adânci din sufletul ei.

-Kelly, mă bucur să aud asta, dar va trebui să mă ierţi pentru tot ce voi face de acum înainte, fiindcă intenţionez să îmi ţin cuvântul dat atunci când te-am revăzut la clubul de echitaţie, i-a zis el hotărât.

-Nu ar trebui să te mai gândeşti la asta, Rashid! i-a spus ea, ştiind la ce se referă. Te rog, încearcă să fii raţional şi să găseşti femeia care să te facă fericit fiindcă meriţi asta, chiar şi eu cred asta! a adăugat Kelly, încercând să zâmbească, dar nu a reuşit, căci el o privea tot mai serios în timp ce venea lângă ea.

-Nu am să reuşesc să fac ceea ce îmi ceri. Crede-mă că am încercat! Am încercat să te uit şi să mă consolez cu alte femei, dar nu am făcut decât să îmi fac rău singur, căci nicio altă femeie nu e ca tine. Doar cu tine voi putea fi fericit cu adevărat, Kelly, iar tu ştii asta. Şi pentru tine e la fel, sunt sigur. Dacă simţeai ceva pentru blondul ăla care te însoţeşte, nu îmi acordai nici măcar un minut din timpul tău pentru a mă asculta, i-a zis el, luând-o de mână.

-Eu am crezut că putem sta de vorbă ca doi oameni civilizaţi, dar se pare că nu e aşa, a zis ea cu tristeţe, încercând să îşi elibereze mâna din mâna lui, dar el nu i-a dat voie. Trebuie să plec, Rashid, dă-mi drumul, te rog! i-a mai spus Kelly, luptându-se din nou cu sine.

-Pentru început vei dansa cu mine în seara asta. Doar un dans, atât îţi cer, deocamdată! a zis el, aducând-o în braţele lui.

-Rashid, eşti conştient că nu poţi dicta vieţile oamenilor din jurul tău? l-a întrebat Kelly, simţind cum îi bate inima şi simţindu-i şi bătăile inimii lui.

-Nu vreau asta, dar te vreau pe tine, iar asta nu se va opri nici azi, nici mâine! Când vei înţelege asta, jamil? Când unul ca mine îşi doreşte o femeie, nimeni nu îl poate face să se răzgândească, nici măcar acea femeie, i-a zis Rashid apropiindu-se de buzele ei, savurând gustul acestora.

-Rashid! Te rog, nu mai face asta, nu înţelegi că e riscant pentru amândoi? a zis Kelly cu o uşoară disperare în glas.

-Nu îmi cere asta, e ca şi cum mi-ai cere să renunţ la o parte din mine, iar partea cea mai importantă din mine eşti tu, Kelly! i-a spus el, atingându-i buzele cu buzele lui, din nou.

La un moment dat, fără tragere de inimă, el a eliberat-o din sărut. Nu voia să rişte să fie surprinşi de cineva, dar făcea asta doar de dragul ei.

-Dansează cu mine, Kelly! Nu e nimic rău în asta, i-a zis el zâmbindu-i, în timp ce o conducea către sală.

Kelly s-a lăsat condusă de Rashid pe ringul de dans, nemaiputând să spună ceva, iar acolo a dansat cu el, spunându-şi că e doar atât, doar un dans nevinovat.

Şi totuşi, în clipa în care Rashid a luat-o în braţe, ea s-a lăsat purtată de vraja melodiei, dar şi de cea a ochilor lui, ochi de care îi era atât de dor, de atâţia ani... Pentru câteva minute, atât cât a durat melodia, ochii lor şi-au spus mai multe decât buzele. Era ca şi cum ar fi fost doar el şi ea acolo, în sala aceea. Era ca şi cum doar ei doi ar fi contat în acele momente, fără raţiune, fără bariere, fără renunţări, compromisuri şi durere. Doar ei.

-Eşti atât de frumoasă, Kelly! a zis Rashid admirând-o pe femeia din braţele lui. Ea i-a zâmbit, încercând să nu spună prea multe, permiţându-şi pentru câteva minute să se piardă în privirea lui, ştiind că lucrul ăsta o va urmări din nou mai târziu, în visele ei, aşa cum se întâmplase şi până atunci.

E atât de greu să te simt atât de aproape fără să pot să fac ceea ce îmi doresc cu adevărat, Kelly. De fiecare dată când eşti lângă mine simt că nu e de ajuns doar atât... i-a mai spus el privind-o cu drag, mângâindu-i uşor spatele.

-Nu mai spune asta, nu mai vorbi, Rashid! Doar dansează și atât, i-a zis Kelly știind că i se pune un nod în gât fiindcă trebuia din nou să îl respingă.

Nu știa cât va mai putea face asta, nu știa cât îi va mai putea rezista celui pe care l-a avut în mintea, gândurile, visele și inima ei atât de mult timp, chiar dacă o eventuală acceptare a lui Rashid de către ea i-ar cauza suferință lui Ryan.

-Dacă aș fi știut cum să fac să te uit, aș fi făcut-o până acum, nu crezi? 'Ana 'ahabbuk,⁶ Kelly. Te iubesc așa cum nu te va putea iubi nimeni, niciodată! Când ai să înțelegi asta?

Kelly a fost cu totul luată prin surprindere de cuvintele lui. Știa că o dorește și că o voia pentru el, dar ceea ce tocmai îi spunea... era prea mult pentru ea. Cuvintele acelea însemnau prea mult pentru ea și nu știa cum să reacționeze, mai ales că timpul trecuse, iar ea avea un iubit, lucru care, teoretic, ar fi trebuit să conteze și să o țină cât mai departe de el.

Melodia a ajuns la final, iar Kelly aproape că a fugit din brațele lui. Din nou, simțea nevoia să fie singură, departe de toată lumea, dar mai ales de el. A mers repede afară, în curte, într-un loc mai

---

⁶'Ana 'ahabbuk = Te iubesc

retras, sperând că va putea fi liniştită. A început să plângă, dorindu-şi ca Ryan să nu o găsească în clipa aceea. Ar fi vrut să plece de acolo, dar nu putea să îi facă asta surorii ei. Trebuia să reziste până la finalul petrecerii, iar apoi să îşi continue viaţa, dar încă nu ştia cum. Trebuia să facă o alegere, trebuia să îşi găsească liniştea sau va fi nevoită să trăiască în continuare în spatele unei măşti, pentru totdeauna.

-Te-am găsit, aici erai! i-a zis Rashid, apărând deodată lângă ea.

-Cum ai ştiut că sunt aici? l-a întrebat ea, întorcându-se spre el după ce şi-a şters lacrimile. Spera ca vocea să nu o trădeze, nu voia ca Rashid să ştie că plânge din cauza lui.

-Bănuiam că trebuie să fii pe aici pe undeva, din moment ce am văzut că ai ieşit din sală, i-a zis el, cercetând-o cu privirea.

-Trebuie să mă întorc acolo! i-a spus Kelly, reţinându-şi cu greu suspinele.

-Ceea ce ţi-am spus mai devreme era serios, adică am vorbit serios, Kelly. Nu suport să ştiu că vei rămâne în continuare iubita lui Ryan. Pentru tine nu a însemnat nimic ce ţi-am spus? Chiar nu

simţi nimic pentru mine?

-Rashid, tot ce pot să îţi spun acum e că nu e momentul să vorbim despre toate astea. Nu acum, nu azi, te rog! a zis ea, privindu-l cu atenţie.

-Bine, am înţeles! Mâine vom vorbi despre toate astea, despre noi şi vom lua o decizie împreună, fiindcă aşa nu se mai poate continua, Kelly. Ai timp până mâine să te gândeşti dacă mă vrei sau nu în viaţa ta, iar dacă mă respingi îţi promit că nu te voi mai deranja, ba chiar sunt dispus să plec înapoi în ţara mea. Te rog doar să te gândeşti bine şi să nu renunţi la noi atât de uşor, doar din orgoliu sau din alte motive care nu ţin exclusiv de ceea ce îţi doreşti cu adevărat, i-a mai zis Rashid, luând-o de mână şi privind-o hotărât.

-Nu e nevoie să pleci de aici doar pentru mine! Spuneai că ai afaceri aici, a zis ea, după care şi-a muşcat uşor buza, realizând că el putea interpreta vorbele ei în felul în care îi convenea lui. O surprindea cu vorbele lui, dar oare când nu făcea el asta? A impresionat-o încă de când l-a cunoscut.

-Dacă nu plec, ştii prea bine că nu te voi lăsa în pace şi nu vom putea fi liniştiţi trăind aşa! De aceea am hotărât astfel. De mâine vom încerca să

ne găsim liniștea pe care o merităm amândoi, într-un fel sau altul, dar vom face asta, Kelly. Îți aduci amite ce mi-ai spus în ziua aceea? Mi-ai spus că nu mă vei uita niciodată și că voi rămâne mereu în inima ta. Se pare că ai uitat, din moment ce ești atât de fericită cu Ryan, nu-i așa? Nu e nicio problemă, suntem oameni maturi acum și oricât ar dura, te voi uita și îmi voi trăi viața în continuare, departe de tine, dacă va fi cazul. Știu că atunci când ne-am revăzut prima dată ți-am spus că nu voi renunța la tine, dar am înțeles acum că nu poți forța pe cineva să te iubească, nu-i așa, Kelly? În cazul în care mă vei refuza, ne vom despărți ca niște buni prieteni, oricum, practic, nu am fost niciodată mai mult de atât. Voi renunța la tine, la iluzia mea, dacă va trebui, dar peste câțiva ani, dacă ne vom reîntâlni, chiar vom râde de toate astea, nu-i așa? i-a zis Rashid, sărutându-i mâna. Kelly era năucită. În urmă cu doar câteva minute îi spunea că o iubește, iar acum îi spunea toate astea... nu îi venea să creadă ce întorsătură au luat lucrurile. Nu spui nimic, Kelly? a întrebat-o Rashid ținând-o în continuare de mână și zâmbindu-i.

-Bine, ai dreptate. Vom face cum ai spus. Când și unde ne vom vedea mâine pentru a discuta? a întrebat Kelly uimită chiar și de ea însăși.

-Aici ai adresa hotelului la care sunt cazat.

Ne vedem mâine dimineață, la ora 08:00! Cu cât terminăm treaba asta mai repede, cu atât mai bine, nu crezi? a întrebat cu un zâmbet intimidant și provocator, în timp ce i-a dat biletul cu detaliile necesare. A! Aș mai dori ceva, doar așa, ca o ultimă favoare, de dragul prieteniei noastre, i-a mai spus Rashid serios.

-Ce? a întrebat ea agitată, punând biletul în poșetă.

-Asta, i-a spus Rashid lipind-o de el, după care a sărutat-o ca și când ar fi fost ultimul lucru pe care îl mai putea face.

Dacă la început sărutul lui a fost blând, la fel ca și altele pe care le-a mai primit de la el, pe măsură ce secundele treceau, îl prelungea tot mai mult, încercând parcă să îi ia totul, până și ultima fărâmă de rațiune pe care o mai avea.

Rashid a adus-o tot mai aproape de el, înlănțuind-o cu brațele lui, de parcă nu i-ar mai fi dat drumul niciodată, în timp ce îi săruta buzele și îi mângâia obrazul, atingându-i în același timp și inima. Kelly se simțea tot mai atrasă în sărutul lui, care o făcea să uite de tot și de toate, ca de fiecare dată. Rashid a desprins-o de el, doar cât să îi poată spune:

-Să nu uiţi asta, Kelly, fiindcă nici eu nu voi uita, indiferent de ce îmi vei spune mâine, i-a şoptit el, după care a mai sărutat-o câteva minute bune, fără oprire. Kelly i-a acceptat sărutul, după care a plecat repede la petrecere, nu înainte de a observa zâmbetul de pe chipul lui Rashid.

-Unde ai dispărut? a întrebat Ryan preocupat, atunci când ea a revenit la masă.

-Am fost puţin afară, la aer, i-a spus ea respirând mai greu şi evitând să îl privească în ochi.

Conştiinţa o avertiza din nou, dar pentru prima oară în viaţă era decisă să îşi urmeze inima, indiferent de consecinţe. Îşi dorea să fie fericită, cu adevărat fericită, iar asta însemna că trebuie să fie alături de singurul bărbat care îi putea aduce fericire, dar şi nefericirea în acelaşi timp. Rashid s-a întors şi el după câteva minute, iar în orele care au trecut până la finalul petrecerii, atunci când nu discuta cu alţi invitaţi, o privea cu drag pe Kelly.

-Rashid, povesteşte-ne o amintire din liceu pe care o ai cu Kelly, a zis Ryan la un moment dat, făcând-o pe Kelly să se foiască în scaun şi să îl privească rugător, ca şi cum i-ar fi transmis din

priviri să aibă grijă ce spune.

-Hmm, să mă gândesc, a zis el zâmbitor. Îmi amintesc că într-o zi, i-am oferit tricoul meu... cu autograf. Fiind căpitanul echipei de fotbal în liceu, tricoul meu era dorit de mai multe fete, a mai spus el privind-o intens, iar Kelly a ridicat o sprânceană, uimită, dar ușurată în același timp de capacitatea lui de a minți.

Și-au amintit amândoi în același timp împrejurarea reală în care el îi dăruise tricoul lui, întâmplare care o întrista chiar și în clipa aceea, dar și gestul său, care a surprins-o plăcut.

-Frumos din partea ta că i l-ai dăruit, dar cum de ai ales să i-l dai ei dintre atâtea fete? a întrebat Ryan curios.

-Fiindcă îmi plăcea simplitatea și sinceritatea ei, lucruri care nu prea existau la celelalte fete, a zis Rashid privind-o cu seriozitate, iar când Kelly l-a privit, a știut că el spune adevărul.

-V-ați cunoscut bine în liceu? a întrebat Ryan mai curios ca oricând, observând schimbul de priviri dintre ei.

-Nu foarte bine, dar ne respectam! a zis Rashid

sincer. Jane a luat-o apoi pe Kelly şi au mers afară.

-De ce ştie Ryan că tu şi Rashid aţi fost colegi de liceu când eu ştiu cu totul altceva?

-Fiindcă Rashid i-a zis aşa lui Ryan pentru a-i explica de unde ne cunoaştem.

-Aşa, deci! Să nu crezi că nu am observat că ai lipsit de la masă de vreo câteva ori, cel puţin. Ca să nu mai spun de felul în care tu şi Rashid aţi dansat! Arătaţi atât de îndrăgostiţi, de frumoşi şi nu văd toate astea când eşti cu Ryan. Spune-mi ce s-a întâmplat! i-a zis Jane privind-o, observând schimbările de pe chipul prietenei ei.

-Eşti sigură că nu exagerezi puţin, ca întotdeauna? a zis Kelly cu un glas neconvingător.

-Da. Gesturile voastre şi modul în care vă priviţi spune totul, a zis Jane zâmbind. A vorbit cu tine în seara asta?

-Da! i-a spus Kelly, expirând printr-un oftat aerul pe care îl ţinuse câteva secunde în plus în plămâni.

-Kelly!

-Ce e? a răspuns ea surâzând, ştiind prea bine ce voia Jane.

-Ce ţi-a spus? Haide, spune-mi, ştii că sunt nerăbdătoare să aflu!

-Că mâine trebuie să-i spun o dată pentru totdeauna dacă îl aleg pe Ryan sau pe el şi că dacă îl refuz pleacă înapoi în ţara lui! a zis Kelly privind în jos, simţind că inima îi bate mai repede.

-Oh, Kelly! Doar atât ţi-a zis?

-Printre altele, mi-a zis că mă iubeşte şi m-a sărutat, Jane. Îţi vine să crezi? După atât de mult timp vine şi îmi spune asta... a zis ea privind luna strălucitoare şi plină.

-Kelly... povestea voastră nu e una obişnuită. Ce ai simţit când te-a sărutat? Ce vei face? a întrebat Jane, încercând să o sprijine cumva.

-Am simţit... totul... şi încă mă gândesc la ce voi face în continuare! a zis Kelly deschizându-şi inima în faţa prietenei ei, privind-o cu atenţie.

-Eu cred că deja te-ai decis! Orice ai alege, cel mai important e ca tu să fii fericită, indiferent de opinia celorlalţi. Ai înţeles?

-Da! i-a zis Kelly zâmbindu-i. Haide să ne întoarcem sau băieţii ne vor da dispărute, i-a mai spus ea încercând să pară relaxată, însă un tremur interior o străbătea când se gândea la ziua care urma, dar şi la bărbatul care o privea pe furiş, aflat de cealaltă parte a mesei.

Orele au trecut apoi, iar la finalul petrecerii mirii au plecat în luna de miere, în uralele invitaţilor. Tinerii au plecat apoi spre casa mamei lui Kelly, după care s-au pus să se odihnească după o noapte lungă.

Kelly s-a foit în pat aproape toată noaptea. Nu a reuşit să adoarmă decât foarte târziu. Se gândea cum să procedeze astfel încât să nu rănească pe nimeni, dar a ajuns la concluzia că e imposibil. Ştia că odată cu ziua de mâine se va declanşa o furtună, dar simţea că alături de bărbatul potrivit va putea să treacă peste tot ceea ce va urma. Kelly era conştientă că viaţa ei este din nou într-un punct decisiv pentru ea şi nu putea decât să spere că alegerea ei îi va aduce fericirea.

În ziua următoare, după o discuţie cu Ryan, Kelly s-a urcat într-un taxi şi a mers la hotelul unde era deja aşteptată.

Odată ajunsă în faţa camerei lui Rashid, a vrut

să bată, dar s-a oprit o secundă, găsindu-şi cu greu curajul. Simţea că e pe cale să facă unul dintre cele mai importante lucruri din viaţa ei, iar inima ei bătea mai puternic ca niciodată. După un minut, Kelly a bătut la uşă.

Uşa s-a deschis, iar în faţa ei a apărut Rashid, care arăta la fel de bine ca de fiecare dată, doar că ceva mai îngândurat.

-Bună, Kelly! Intră, te rog, a zis el privind-o şi dându-se la o parte pentru a-i face loc.

-Bună, Rashid! a spus ea simţind că tremură atunci când a trecut pe lângă el. S-a abţinut cu greu să nu facă ceea ce i-a trecut prin minte în acel moment, dar trebuia să facă lucrurile cum trebuie. Trebuia să vorbească, să se lămurească, să se liniştească, o dată pentru totdeauna. Numai aşa îşi puteau continua vieţile, se gândea ea în acele momente.

-Ia loc, te rog! Vrei ceva de băut? a întrebat el stând încă în picioare, deşi ar fi vrut să o sărute. Ar fi vrut asta foarte mult, dar ştia că trebuie să aştepte şi să o lase să vorbească. Ştia că nici ei nu îi e uşor să se afle acolo, cu el, însă era ceva absolut necesar pentru amândoi.

-Un suc, mulţumesc! a spus Kelly ridicându-şi privirea de pe geanta ei şi privindu-l. Simţea că bătăile inimii ei accelerează doar văzându-l şi de fiecare dată când o săruta, ceva în ea se trezea şi exploda. Pur şi simplu asta era senzaţia pe care el i-o trezea.

Rashid a venit în scurt timp cu două pahare de suc pe care le-a lăsat pe măsuţa din faţa lor. Ei stăteau acum faţă în faţă, s-au privit câteva secunde, fără să poată spune vreun cuvânt.

-Deci... te-ai gândit la ce am discutat ieri, Kelly? a întrebat el după câteva secunde de tăcere apăsătoare.

Felul în care o privea aproape că o lăsa fără cuvinte, stând acolo, pe fotoliul acela, în faţa ei, îmbrăcat în blugi şi în tricou negru.

-Da... a spus ea înghiţind cu greu. Trebuia să se concentreze la ceea ce avea de spus, nu la cât de bine arăta el. Rashid, am să îţi spun nişte lucruri şi te rog să nu mă întrerupi. Acum e rândul meu să vorbesc, a zis Kelly simţind cum se face tot mai mică în fotoliul în care stătea.

-Bine, Kelly, vorbeşte! a zis el, neputându-şi reţine zâmbetul.

-În primul rând, referitor la ceea ce s-a întâmplat acum patru ani, în ceea ce priveşte părerea tatălui tău despre mine... ei bine, nu a avut dreptate în ceea ce a insinuat atunci în legătură cu mine... l-a lămurit Kelly înroşindu-se, neputând opri asta.

-Ştiu asta, Kelly, dar nu trebuie să te justifici în faţa mea. Eu ştiu că ai trecut prin nişte lucruri dureroase şi care au lăsat urme adânci în inima ta, iar comportamentul tatălui meu a fost unul dintre acele lucruri.

-Aşa este, dar nu te învinovăţesc pe tine pentru faptele lui. Eu eram atunci o fată naivă, care suferea din cauza acelor întâmplări triste, mai ales când Omar a încercat să... a zis ea, oprindu-se deodată.

Nu putea pronunţa cuvântul acela, însă Rashid ştia la ce se referă şi o privea cum lupta împotriva propriei jene pentru a avea curajul de a-i spune toate acele lucruri. Atunci, la fel ca şi în alte împrejurări, am avut noroc fiindcă ai apărut la timp, iar când m-ai ţinut în braţe, în noaptea aceea, în camera ta, nu mi-a fost teamă de tine, Rashid. Am simţit că pot avea încredere în tine, mai ales că atunci, tu mi-ai dat tricoul tău în loc să încerci ceea ce a încercat Omar...

-Înțeleg și mă bucur, Kelly! Nu sunt un barbar, așa cum din păcate sunt unii!

-Nu, nu înțelegi! Eu nu mai făcusem acel lucru până atunci, nu mai dormisem lângă un bărbat, dar tu ai reușit să mă faci să îmi doresc asta. Dacă alt bărbat din tabăra aceea mi-ar fi cerut să rămân în camera lui nu aș fi făcut asta, nu aș fi putut sau cel puțin nu de bunăvoie. Rashid, înțelegi ceea ce vreau să îți spun? l-a întrebat ea încrucișându-și brațele, simțind că o trec toate stările posibile, de la repulsie din cauza acelui gând la ușurarea faptului că în sfârșit îi mărturisea toate acele lucruri.

-Nu sunt un bărbat periculos, Kelly sau cel puțin pentru tine nu sunt așa, a zis el înțelegând și zâmbind.

-Ba da, ești! Ai fost un pericol pentru mine încă din clipa în care te-am văzut pentru prima dată, iar după aceea cu tot comportamentul tău m-ai făcut să... mă atașez de tine. Nu bănuiam atunci că... tot acest atașament va continua să existe chiar dacă anii vor trece... a zis ea plecându-și privirea.

-Kelly... continuă, te rog! i-a spus el simțind că respiră cu greutate. Nu că ar fi fost cu totul relaxat

atunci când se afla în preajma ei.

-Ceea ce vreau să spun este că... ai continuat să exişti în inima mea, în visele mele, în mine, în tot acest timp, chiar dacă am făcut tot ce am putut ca să te uit, a zis ea ştergându-şi lacrima care începea să cadă cu încăpăţânare. Nu ai idee prin câte am trecut încercând să uit că exişti. Am mers chiar şi la psiholog, la Jane, pentru a încerca să mă eliberez de tine, de amintirea ta. Am încercat chiar şi să am diverse relaţii pentru a reuşi să uit de tine, dar... nu am reuşit. Tu erai mereu acolo, într-un colţ al sufletului meu, de parcă aşa ar fi trebuit să fie. Tot ce vedeam atunci când eram singură cu gândurile mele erai tu. Am visat la tine în tot acest timp, gândindu-mă că tu poate nici nu îţi mai aduci aminte de mine. Iar acum, după tot acest timp în care eu am încercat să îmi trăiesc viaţa într-un mod cât se poate de normal, tu ai venit şi m-ai surprins cu totul. Ai făcut exact ce mi-am dorit să faci, ceea ce visam în fiecare zi şi noapte: te-ai întors... dar eu am sau mai bine zis aveam un iubit pe care trebuia să îl respect, a zis ea privindu-l în ochi.

-Asta înseamnă că te-ai despărţit de Ryan, de fapt singurul cu care ai încercat să mă uiţi? a întrebat el zâmbind cu viclenie.

-De unde ştii asta?

-Ţi-am spus că ştiu multe lucruri despre tine, Kelly, i-a spus el zâmbind din nou, făcând-o să vrea să se ascundă.

-Da, m-am despărţit de Ryan, a zis ea, simţindu-se eliberată de atâtea lucruri pe care i le spusese. Nu mi-a fost uşor, nici lui nu i-a fost, el chiar ţinea la mine, dar după ce m-am gândit mult la toate astea, am ajuns la concluzia că nu mai pot să lupt împotriva mea în primul rând, iar apoi împotriva ta, Rashid. Eşti singurul bărbat pentru care inima mea a bătut acum patru ani cu adevărat, iar asta e valabil chiar şi acum, aşa cum spre fericirea sau nefericirea mea, încă nu ştiu, va fi pentru totdeauna, indiferent de ceea ce se va întâmpla între noi, a zis ea privindu-l cu drag. Trebuie să înţelegi că aveam nevoie să îţi spun toate astea, să îţi spun totul. Am purtat destul timp singură lucrurile astea în mine, a spus Kelly simţindu-şi vocea tremurătoare. În sfârşit, nu mai trebuia să se abţină şi se simţea eliberată, înainte de orice.

-Şi eu am crezut că m-ai uitat, doar era culmea să îţi mai aminteşti de nişte emoţii adolescentine, nu-i aşa? a întrebat Rashid zâmbind în acel moment din toată inima. Nu pot decât să mă

bucur că mi-am urmat instinctul şi că, ajutat de un detectiv, am reuşit să te găsesc, Kelly, a adăugat el. Înţelegi de ce ţi-am spus ieri la nunta surorii tale, toate lucrurile acelea? Doar pentru a te face să reacţionezi, Kelly. Era ultima carte pe care o mai aveam, singurul mod în care mai puteam fi sigur de sentimentele tale pentru mine, de aceea ţi-am spus că voi pleca. Am minţit, Kelly! Nu aş face asta, nu acum când te-am regăsit. Dacă îţi aminteşti ce ţi-am zis prima dată când ne-am revăzut, şi anume, că nici dacă erai căsătorită nu ar fi contat pentru mine, era şi e adevărat. Poate crezi că eşti un fel de obsesie pentru mine, poate că aşa şi eşti, dar eşti ceva de care nu mă pot lipsi şi se pare că şi eu ţi-am lipsit. Mult!

-Rashid, ce urmează acum, ce vom face cu toate astea, cu tot ce simţim? a întrebat Kelly privindu-l, simţind că e incapabilă să se mişte şi să se ridice din fotoliu. Era pur şi simplu copleşită de tot şi mai ales de el.

-Urmează să trăim ceea ce ne este dat să trăim, Kelly. Urmează să ne dăm dreptul să iubim, să ne iubim şi să recuperăm timpul pierdut, fiindcă ştii că nu am să te mai las să pleci de lângă mine, a zis el venind lângă ea şi, după ce a ridicat-o de pe fotoliu, a adus-o în braţele lui. Nu ai venit până aici să îmi spui toate astea, să îţi deschizi inima

-Da? Şi când l-ai anunţat, azi-dimineaţă? a întrebat-o Helena cu severitate.

-Da... a zis Kelly privind în altă parte. Ştia cât de dominatoare putea fi Helena şi nu îi plăcea asta deloc.

-Frumos moment ţi-ai ales, în dimineaţa de după nunta surorii tale, foarte frumos. Despre cine e vorba? a întrebat Helena cu duritate în glas.

-De ce trebuie să fie vorba despre altcineva? Poate nu m-am potrivit sau nu m-am înţeles cu Ryan, a zis ea simţind că abia aşteaptă să plece de acolo. Nu mai suporta tensiunea pe care i-o inducea propria ei mamă, care ar fi trebuit să o sprijine sau să o asculte, nu să o judece.

-Fiindcă la cum te cunosc, doar dacă iubeşti sau crezi tu că iubeşti pe altcineva ai face un astfel de lucru nebunesc. Cum adică să te desparţi de un bărbat atât de drăguţ şi manierat ca Ryan? i-a reproşat Helena contrariată, săgetând-o cu privirea.

-Aşa am simţit să fac şi asta e. Nu e o decizie luată de pe o zi pe alta, de asta poţi să fii sigură. Acum trebuie să plec, mă duc să îmi iau bagajele, i-a spus Kelly ridicându-se de pe scaun. Nu mai

avea de gând să o lase pe Helena să îi spună ce să facă, ca de atâtea ori.

-E treaba ta ce faci cu viaţa ta, dar să nu vii să plângi apoi fiindcă cineva te-a făcut să suferi.

-Nu o voi face, stai liniştită! Trebuie să plec! a zis ea luându-şi bagajul. A mers apoi spre Helena şi a îmbrăţişat-o scurt, după care s-a îndreptat spre uşă. Ne mai vedem! i-a mai zis Kelly, schiţând un zâmbet.

-Bine, drum bun şi ai grijă ce faci, a adăugat Helena, înainte să îşi vadă fiica plecând.

Kelly a plecat apoi cu un taxi spre hotelul la care era cazat Rashid. Inima îi bătea acum mai repede fiindcă simţea o bucurie imensă datorită lui şi abia aştepta să îl revadă. Odată ce a ajuns în holul hotelului, l-a văzut pe Rashid care i-a ieşit în întâmpinare. După ce a îmbrăţişat-o şi a sărutat-o, i-a dăruit un buchet de trandafiri roşii.

-Mulţumesc Rashid, sunt minunaţi! a zis ea, îmbrăţişându-l din nou.

-Şi tu eşti minunată şi îi meriţi! i-a spus bărbatul, privind-o fascinat.

-Mulţumesc!

-Şi eu?

-Tu, ce? a întrebat ea nedumerită.

-Eu cum sunt? a răspuns el privind-o cu inocenţă în aparenţă, căci zâmbetul îi lumina chipul.

-Tu eşti... visul meu devenit realitate, Rashid! i-a spus ea privindu-l captivată. Era conştientă de ceilalţi oameni care erau la ora aceea în hotel, dar nu reuşea să se abţină, trebuia să îi spună ce simte cu adevărat.

A văzut cum expresia feţei lui Rashid se schimbă imediat. A trecut de la o stare de fericire la... ceva ce nu ştia să definească, dar în mod sigur era şi seriozitate pe chipul lui. Kelly a simţit cum el o strânge mai puternic în braţe.

-Şi tu eşti la fel pentru mine, Kelly. Să nu ai nicio îndoială în privinţa asta, a zis el, după care a sărutat-o uşor, mai puţin decât şi-ar fi dorit, însă atât putea să facă, având în vedere că se aflau încă în holul hotelului. Hai să plecăm de aici, jamil, i-a mai zis Rashid, după care i-a luat bagajul şi i l-a dus la maşină.

Ei s-au urcat apoi în maşină şi au plecat, simţindu-se tot mai fericiţi.

-La ce te gândeşti, habibati? a întrebat Rashid, luând-o uşor de mână şi privind-o rapid, fiind atent şi la drum.

-La noi doi, la ceea ce se întâmplă... sper ca totul să fie bine între noi şi să nu regreţi că m-ai căutat! Vreau atât de mult să fiu pe placul tău, iar tu să fii fericit cu alegerea pe care ai făcut-o! i-a răspuns ea privindu-l cu drag.

-Sunt fericit fiindcă, în sfârşit, suntem îm-preună, iar asta e tot ce contează, Kelly. Acum nu trebuie decât să avem grijă de ceea ce e între noi şi să nu lăsăm pe nimeni să intervină între noi, i-a spus Rashid privind-o intens.

-Sunt de acord cu tine, Rashid! Doar rostindu-ţi numele simt că mi se luminează chipul. Mi-a fost atât de dor de tine... a zis ea privindu-l. Rashid a privit-o şi i-a şters uşor lacrima care îi aluneca pe obraz.

-Şi mie mi-a fost dor, Kelly! Foarte dor! Nu voi mai lăsa să treacă o zi fără să ne vedem. Eşti cea mai importantă persoană pentru mine, să nu uiţi asta.

Kelly a dat uşor din cap, fiindcă nu putea vorbi în acel moment, dar îl privea cu toată forţa sentimentelor pe care le avea pentru el. Un timp, niciunul dintre ei nu a mai spus nimic. Nu era nevoie să spună ceva, ştiau să comunice şi în lipsa cuvintelor. Erau recunoscători fiindcă destinul îi aducea din nou împreună şi sperau ca lucrurile să devină din ce în ce mai frumoase pentru ei. După alte câteva minute, Kelly a observat că au ajuns în faţa casei ei. El a coborât, i-a deschis portiera, iar apoi i-a luat bagajul şi i l-a dus până la uşă, aşteptând ca ea să deschidă.

-Mulţumesc, Rashid. Intră, te rog, a zis ea după ce a deschis uşa. Rashid a intrat şi a lăsat bagajul în hol. Imediat au fost întâmpinaţi de Carrie, care a trecut veselă de la unul la altul. Kelly s-a conformat şi i-a adus mâncarea.

-Haide, ia loc, te rog, i-a spus ea zâmbindu-i, în timp ce se aşeza pe un scaun. Rashid s-a aşezat şi i-a făcut semn să vină lângă el.

-Ce e? a zis ea surâzând. El era o privelişte atât de plăcută pentru ea şi numai când îl privea simţea că e fericită.

-Doar nu ai de gând să stai la un metru de

mine, Kelly! Vino lângă mine, i-a spus el cu o voce îmbietoare.

-Vin imediat, a zis ea aducând nişte sucuri pentru ei. S-a aşezat apoi pe scaunul de lângă el, dar Rashid a luat-o la el în braţe.

-E bine aşa, Kelly? Nu te-aş mai lăsa din braţe, jamil, a zis Rashid, începând să o sărute pe gât, aducând-o tot mai aproape.

-Rashid... e atât de bine în braţele tale. Nici eu nu aş mai pleca de aici, i-a răspuns Kelly îmbrăţişându-l. Era atât de bine să îl privească, să îl simtă, să îl sărute, să îl ştie lângă ea. Nu te mai uita aşa la mine... a zis ea, simţind că tremură.

-Aşa cum? a întrebat-o el sărutând-o din nou pe gât, prefăcându-se că nu ştie la ce se referă ea.

-Ah, ştii tu cum... i-a spus ea mângâindu-i obrazul, realizând din nou cât era de fascinată de el.

-Aşa cum un bărbat o priveşte pe femeia pe care o doreşte? Pot să îţi acord timp în privinţa asta, dar nu mă voi preface că nu te doresc, jamil. Şi ştii prea bine de cât timp simt asta pentru

tine. Nu îmi cere asta fiindcă nu o voi face. În schimb, te voi săruta în fiecare zi cât se poate de mult, în aşteptarea acelei clipe minunate pe care o vom trăi împreună, i-a zis el cu glas şoptit, înlănţuind-o cu braţele lui puternice şi protectoare. Kelly s-a îmbujorat simţind că îi vine din ce în ce mai greu să respire normal, iar el i-a simţit stările.

-Respiră, jamil, nu am zis că asta se va întâmpla acum, deşi îmi doresc, i-a zis el liniştind-o, mângâindu-i braţele.

-Rashid... înţeleg , doar că e un subiect sensibil pentru mine şi prefer să îl evit, i-a spus Kelly, bănuind că el nu îi va asculta prea mult motivele.

-Sunt convins! Kelly, vreau să fiu sincer şi direct cu tine: nu vreau să îţi fie jenă şi nici teamă de mine. Trebuie să comunicăm şi îmi doresc să te simţi liberă să îţi exprimi opiniile. Şi, desigur, îmi doresc să fii a mea, dar într-un anumit sens eşti deja şi asta este cel mai important, i-a zis el sărutându-i mâna.

-Rashid, am câteva întrebări, dacă tot ai adus vorba...

-Spune, jamil! a zis el, aşteptând răbdător întrebările.

-Tu eşti dispus să ai o relaţie doar cu mine? Adică eu ştiu că, de acolo de unde vii, bărbaţii pot avea mai multe soţii şi... a zis ea, privind în altă parte în clipa aceea. Rashid i-a zâmbit şi după ce a făcut-o să îl privească, i-a spus:

-Habibati, ţi-am mai spus că eu nu sunt ca ei. Eu nu am nevoie decât de o singură femeie pentru a fi fericit: de tine, jamil. Pentru tine am plecat de acolo şi am venit aici. Nu puteam să fiu liniştit dacă nu te regăseam. Simţeam un gol imens în mine de fiecare dată când îmi aduceam aminte de tine, iar asta se întâmpla des, crede-mă. Te-ai lămurit?

-Da...

-Mai ai şi alte curiozităţi? a zis el, sărutând-o uşor.

-De fapt, mai am! Ştiu că... acolo... femeile poartă acel văl. Mă vei obliga să fac asta sau să respect alte obiceiuri ciudate? Îţi spun de pe acum că nu voi fi de acord, i-a zis ea cu determinare.

-Nu ţi-aş acoperi frumuseţea cu nimic, jamil. Şi nu, nu am nicio pretenţie ciudată de la tine.

Singurul lucru pe care îl vreau de la tine este să mă iubești, habibati și te vreau doar pentru mine, i-a spus zâmbind. Se aștepta la interogatoriul ei, dar urma să îi demonstreze că nu e o brută și că e bărbatul potrivit pentru ea. Nu te mai gândi la lucrurile astea, doar bucură-te de noi, de ceea ce trăim acum, a adăugat Rashid mângâind-o pe spate, tulburând-o cu atingerea lui.

-Bine, voi încerca, chiar îmi doresc asta. Încă mi se pare un vis faptul că sunt acum în brațele tale, a zis ea zâmbind. Îi plăcea felul în care o făcea să se simtă și felul în care îi arăta că e atent la ea.

-Îmi place visul tău fiindcă e și al meu! i-a spus, mângâind-o. Acum trebuie să plec, s-a făcut cam târziu și nu cred că vrei să rămân peste noapte aici! i-a mai zis el, privind-o provocator.

-Sunt de acord cu tine! a zis Kelly, înghițind în sec. Te conduc, a mai spus ea apoi. S-a ridicat din brațele lui și l-a condus până la ușă, timp în care el a ținut-o de mână.

-Kelly... dacă te răzgândești, mă suni. Să fiu cu tine atât ziua, cât și noaptea, e unul dintre lucrurile pe care mi le doresc cel mai mult, i-a zis el, privind-o cu drag.

-Noapte bună, Rashid! Ai grijă de tine!

-Noapte bună, jamil! Să te gândești la mine, i-a zis apoi cu viclenie în voce, după care a sărutat-o cât să îi ia aerul, scurt, dar intens și a plecat.

Nici nu aș putea să fac altfel, se gândea Kelly fericită.

Mai târziu, înainte să adoarmă, ea s-a gândit la întâmplările cele mai recente prin care a trecut, sperând să fie fericiți împreună. Știa că Rashid e minunat, dar se temea de influențele exterioare, de anumite persoane care în mod sigur nu erau de acord ca ei doi să fie împreună. Numai acest lucru îi dădea o stare de neliniște, căci gândul la Rashid o făcea fericită. În sfârșit, puteau să își trăiască liniștiți povestea, iar gândul acesta îi aducea zâmbetul pe buze.

După ce a făcut un duș, Rashid s-a întins în pat simțindu-se extenuat, dar fericit. Abia aștepta să nu se mai dezlipească de ea, de jamil a lui, de femeia care a reușit să îl facă să fie mai bun și să nu devină la fel ca tatăl său. Știa că va lupta pentru fericirea lor și că nu va lăsa pe nimeni să intervină între ei. Mai știa și că inimile lor au fost și sunt legate, iar acest lucru era mai puternic decât orice altceva.

Capitolul 7

În ziua următoare, Kelly se afla la clubul de echitație pentru o vizită, împreună cu elevii ei, douăzeci la număr. Ea purta o rochie lungă, albastră, iar părul era strâns într-o coadă de cal. Spre bucuria ei, Rashid se comporta foarte bine cu elevii, iar o femeie în vârstă, Mandy, i-a servit pe toți cu sucuri și prăjituri. Copiii erau încântați. Când nu alergau peste tot, făceau poze cu animalele care stăteau liniștite.

-Sunt atât de fericiți! Ai organizat totul foarte bine, i-a zis Kelly lui Rashid în timp ce îi priveau împreună pe copii. Îți mulțumesc pentru toate astea, ei chiar aveau nevoie de relaxare!

-Cu plăcere, nu e nevoie să îmi mulțumești! Mă bucur că am putut fi de ajutor! a zis el luând-o de mână pentru câteva secunde, timp în care amândoi s-au privit cu atenție.

-Doamna profesoară! a exclamat Ella, o fetiță în vârstă de zece ani, care venea la Kelly în fugă.

-Da, Ella, ce este? a zis Kelly zâmbind.

-Tommy nu mă lasă să fac poză cu Shadow, calul ăla frumos de acolo! i-a zis Ella încruntată.

-Ei bine, haide să îl convingem pe Tommy că și tu vrei să ai o amintire cu Shadow, i-a zis Kelly luând-o de mână și mergând acolo unde se afla Tommy. Rashid a venit și el acolo și privea fascinat cum Kelly reușea să îi împace pe copii, astfel încât să fie cu toții mulțumiți.

Rashid a venit apoi călare pe Shadow în mijlocul micuților, iar aceștia au fost foarte entuziasmați, aplaudau și chicoteau veseli.

După o oră, când toată agitația s-a terminat, Kelly l-a salutat pe Rashid, după care s-a urcat în microbuzul care îi ducea înapoi la școală, iar de acolo au fost luați de către părinții lor. Kelly a mers apoi acasă, unde s-a schimbat în pantaloni scurți și tricou negru, a hrănit-o pe Carrie, după care s-a urcat în mașină și a demarat în viteză spre Rashid pentru a-și petrece restul zilei cu el. Abia aștepta să îl revadă. Se simțea ca o adolescentă, dar nu îi păsa, voia doar să fie fericită. În aproximativ zece minute a ajuns la clubul de echitație.

După ce a coborât din mașină, Kelly a mers spre biroul lui. A bătut la ușă, iar când a deschis-o l-a văzut stând pe scaun, în fața biroului. Era

îmbrăcat lejer, într-o cămaşă albastră şi blugi de aceeaşi culoare. Era o plăcere să îl vadă şi să se piardă în ochii lui frumoşi.

-Bună, Rashid. Sper că nu deranjez, am vrut doar să îţi fac o surpriză, a zis Kelly zâmbitoare, mergând spre el.

-Bine ai venit, jamil! Nu mai spune asta, nu mă deranjezi, i-a spus el ridicându-se şi venind lângă ea. A îmbrăţişat-o şi a sărutat-o, stârnind simţurile amândurora. Poţi să mă surprinzi când vrei. Vizitele tale mă bucură, a adăugat el ţinând-o încă în braţe.

-Motivul vizitei mele este acela de a te invita la o plimbare pe cai, a zis Kelly privindu-l.

-Vin, dar vom merge amândoi cu Shadow, a zis Rashid cu un zâmbet şiret.

-Bine, dacă tu vrei aşa... haide acum, e atât de frumos afară, a spus Kelly luându-l de mână şi ducându-l după ea.

Odată ce au ajuns la boxa lui Shadow, l-au lăsat să iasă de acolo şi apoi l-a simţit pe Rashid urcând pe cal, în spatele ei. Senzaţia corpului său lipit de al ei o intimida, dar îi făcea plăcere în

acelaşi timp. Erau nişte lucruri pe care nu reuşea să şi le explice, însă tot ce ştia era că prezenţa lui o făcea fericită.

-Cum te simţi în braţele mele, jamil? a întrebat-o Rashid şoptit, în timp ce îl ghida pe Shadow, care mergea încet.

-Poate e prea devreme să îţi spun, dar simt că aici e locul meu, în braţele tale, i-a spus ea lăsându-şi capul pe umărul lui. Îi plăcea senzaţia dată de braţele lui care o înconjurau.

-Nu e prea devreme, Kelly. Noi trebuie să recuperăm timpul pierdut, aşa că nu te ascunde de mine. Şi mie îmi place să te simt lângă mine şi tot ce îmi doresc este să te iubesc, jamil! a mai zis el, după care a sărutat-o dornic pe gât.

-Rashid, e atât de frumos să fiu cu tine. Parcă e prea frumos să fie real, a zis Kelly închizând ochii, lăsându-se în voia sărutărilor lui.

-E cât se poate de real şi cât timp mă vei dori lângă tine, voi fi acolo! i-a spus el împletindu-şi degetele cu ale ei. Rashid a coborât apoi de pe cal şi a ajutat-o şi pe ea să facă la fel, după care s-au întins unul lângă altul, pe iarbă, privindu-se cu dragoste.

-Eşti atât de frumoasă, Kelly! Mă bucur că te am în sfârşit lângă mine, a zis el aducând-o la pieptul lui.

-Şi tu eşti foarte frumos, Rashid! Şi eu mă bucur că suntem împreună, a spus ea în timp ce îl mângâia pe mână. Amândoi s-au privit minute bune în tăcere, între ei nefiind nevoie de prea multe cuvinte.

După un timp în care aproape au adormit unul lângă altul, Rashid a sărutat-o şi i-a spus:

-Kelly, haide, e timpul să mergem în casă, se face răcoare aici! a zis el, după care a luat-o în braţe şi a aşezat-o pe cal.

-Hmm, bună idee! a zis Kelly, lăsându-l să aibă grijă de ea. Îi plăcea atât de mult felul în care o făcea.

Odată ajunşi în casă, Rashid a adus două farfurii cu mâncare. Era ora mesei.

-Mulţumesc, a fost foarte bun totul, a zis Kelly zâmbind. Încă se simţea somnoroasă. Ar trebui să merg acasă, să mă pun în pat. Mi-e somn, a mai spus ea privindu-l.

-Ai dreptate, vom merge la culcare, dar împreună, jamil! a zis el sărutându-i mâna.

-Rashid! Nu confunda lucrurile, eu nu am zis aşa ceva, a spus ea simţind un fior care a străbătut-o prin tot corpul.

-Am zis eu şi e de ajuns! Acum haide şi nu te mai uita aşa la mine! Nu e cazul, a zis el zâmbindu-i în felul acela care o făcea să se lase în voia lui.

-Bine, bine! Merg la baie, apoi mă întorc, a spus Kelly zâmbindu-i cu ultimele puteri.

Atunci când a trecut pe lângă el, s-a trezit luată deodată în braţe şi sărutată pasional. Când a lăsat-o din braţe, ea l-a privit întrebător, iar apoi a mers repede la baie, unde s-a răsfăţat cu un duş. Şi-a luat apoi un halat pe care l-a găsit în cuier şi a mers astfel îmbrăcată în cameră, fiind conştientă de privirea lui arzătoare şi dornică.

-Vin şi eu imediat! i-a spus Rashid înainte să meargă spre baie. Când a ieşit din baie, Rashid a venit în pat lângă ea.

-Noapte bună, jamil! i-a zis el îmbrăţişând-o.

-Noapte bună, Rashid! i-a răspuns Kelly

cuibărindu-se mai bine la pieptul lui.

-E prima dată când dormim din nou împreună după ceea ce s-a întâmplat. Îmi place să te simt lângă mine, Kelly! a spus el începând să o sărute pe gât, trezind dorința care era în ea.

-Așa e! Și mie îmi place să fim așa, unul lângă altul, Rashid. În sfârșit simt că trăiesc cu adevărat și nu doar că exist! a zis ea mângâindu-i brațul. În loc de răspuns, Rashid i-a luat fața în mâinile sale și a sărutat-o intens, făcând-o să simtă din nou cât era de dorită, iar ea l-a sărutat la rândul ei cu o pasiune pe care nu știa că o are, însă când el se afla lângă ea, Kelly știa că poate să iubească fără reținere, fiindcă Rashid era singurul bărbat pe care și-l dorea cu adevărat.

În dimineața aceea, Kelly s-a trezit, s-a întins în pat și a văzut că nu se află în patul ei. L-a căutat cu privirea pe Rashid, dar el nu se afla lângă ea. A văzut, în schimb, o tavă cu micul dejun lăsată pe noptieră, gest care i-a stârnit zâmbetul. A început să mănânce, bănuind că el nu se va întoarce prea repede.

Când a terminat de mâncat, a luat șervețelul de pe tavă, însă a descoperit sub el o cutiuță. A luat-o în mână, simțind că tremură de emoție.

Orice cadou de la el o bucura, dar nici nu voia ca el să creadă că ea este o fiinţă materialistă. Kelly a văzut şi biletul aflat lângă cutie:

Ca să mă ai mereu aproape de tine, jamil. Din păcate a trebuit să plec, e vorba de afaceri. Vorbim mai târziu. Al tău habibi, R.

A simţit lacrimi în ochi când a citit biletul. Ştia că el e un romantic, a realizat asta din toate gesturile pe care le-a făcut şi nu putea decât să fie fericită fiindcă o femeie simplă ca ea i-a atras lui atenţia.

Ea a deschis apoi cutia, iar o lacrimă i-a alunecat încet pe obraz. În cutie se afla un lănţişor de aur cu un medalion în formă de inimă, în care se afla o poză cu chipul lui. Şi-a pus lănţişorul, după care şi-a luat un costum format din fustă, tricou şi sacou şi a mers la şcoală, mai zâmbitoare ca niciodată. Până şi şoferul taxiului pe care l-a sunat, a remarcat fericirea de pe chipul ei.

Kelly i-a trimis repede un mesaj prin care îi mulţumea pentru minunatul cadou, dar şi pentru dragostea lui. Se simţea atât de fericită şi de norocoasă. Nici nu putea fi altfel, din moment ce îşi trăia în sfârşit povestea de dragoste alături de cel pe care îl visa de atât de mult timp. Spera ca

iubirea lor să fie mai puternică decât orice altceva și să poată înfrunta totul.

La școală l-a revăzut pe Ryan, dar acesta, fiind un cavaler, vorbea doar despre subiectele legate de școală. Îl compătimea, dar nu putea să mai fi continuat farsa aceea.

Mai târziu, odată ajunsă acasă, Kelly s-a întins pe canapea. Citea și aștepta un telefon de la Rashid sau o vizită. Abia aștepta să îl vadă, să îl sărute, să îl îmbrățișeze. Era minunat să știe că și el se gândește la ea cu aceeași intensitate și că ea e cea care se află în inima lui. Ea a fost întreruptă din gânduri când a auzit soneria.

-Vin acum! a spus ea ridicându-se. Zâmbea din nou, spera să fie Rashid.

-Sunt eu, străino!

Zâmbetul i-a pierit de pe chip. Simțea că e aproape să leșine din nou, doar că de data aceasta, nu din cauza lui Rashid. Deodată a simțit că tremură, deși era o femeie în toată firea acum, nu mai era aceeași fată speriată, însă se părea că unele lucruri nu se schimbă, iar el o intimida la fel de mult ca atunci. Mohamed Al'Khalla se afla în fața ei, în pragul casei ei.

-Nu mă inviţi să intru? a întrebat Mohamed privind-o cu ură şi ironie.

-Nu! a zis ea primul cuvânt care i-a venit în minte. Rashid ştie că sunteţi aici? a mai spus ea, încercând să îl privească fără teamă, dar fără să reuşească prea bine.

-Nu-i nimic, vorbim aici, atunci. Oricum voi fi scurt. Rashid nu ştie că sunt aici, dar asta nu contează. Am venit să îţi spun să termini şarada asta cu fiul meu, i-a spus el privind-o cu duritate.

-Nu e nicio şaradă! Eu şi Rashid ne iubim!

-Rashid nu îşi va petrece viaţa lângă o străină. Dacă vrea o femeie, îşi poate lua oricând una din poporul nostru! a spus el încruntat.

-El m-a ales pe mine! Ar trebui să accceptaţi asta şi totul va fi mai bine pentru toţi, a zis ea încercând să fie puternică.

-Nu voi accepta niciodată aşa ceva! Pe scurt, îţi spun că dacă nu te desparţi de el, îl voi ucide eu însumi şi poate vrei să fii de faţă, a zis el cu o sclipire îngrozitoare în privire. Kelly s-a cutremurat numai la gândul acela.

-Nu aţi fi în stare să faceţi asta, e fiul dumneavoastră, nu vreun străin şi asta doar fiindcă are o relaţie cu mine. Nu pot să cred aşa ceva! a spus ea încercând să oprească tremuratul care o cuprindea.

-Ba da, pot şi o voi face! Şi aşa mă pot lipsi de el, fiindcă nu îmi e de niciun folos în afacerile mele! Nu am venit până aici doar ca să te mint, străino. Eu sunt Mohamed Al'Khalla, nu vreun oarecare! a zis el luând-o de braţ. Contez pe discreţia ta. Nu vei spune nimănui, cu atât mai puţin poliţiei, ce ţi-am spus. Am influenţă şi nu îţi va folosi la nimic, îţi vei face doar rău şi îi vei face rău şi lui. Dacă tot zici că îl iubeşti, îl vei lăsa să trăiască, fiindcă nu voi permite să fie alături de tine. Dacă nu te desparţi chiar azi de el, Rashid moare. Ai înţeles?!

Kelly s-a smucit să îşi elibereze braţul din mâna lui. Simţea că îi face rău numai prezenţa acelui bărbat.

-Plecaţi odată! Am înţeles, aşa că puteţi pleca, a zis ea dorind să închidă uşa, dar el a oprit-o cu mâna.

-Să nu cumva să uiţi ce ţi-am zis! a mai spus el cu o voce tunătoare, după care a plecat, lăsând-o pe Kelly cu inima spulberată.

Kelly a închis uşa, după care a început să plângă imediat, nemaisuportând durerea pe care o simţea. S-a lăsat jos, lângă uşă şi şi-a înconjurat genunchii cu mâinile. Nici măcar Carrie, care a venit lângă ea, nu a reuşit să o liniştească. Kelly şi-a privit lănţişorul, l-a deschis, i-a văzut chipul frumos şi a simţit cum tristeţea o învăluie din nou.

Ştia că face cel mai dificil lucru din viaţa ei, dar nu voia să rişte. Viaţa lui Rashid era mai importantă decât orice. Prefera să îl ştie în viaţă, oricât s-ar fi gândit la ceea ce tocmai i s-a întâmplat. Kelly s-a ridicat de lângă uşă, s-a pus pe canapea şi a început să scrie un mesaj. Nu putea să îl vadă tocmai atunci şi să îi spună ceea ce avea de spus. Era convinsă că Rashid o va căuta să îi ceară explicaţii, dar măcar mai putea amâna momentul în care îl va revedea. Numai gândul la el o durea, fiindcă trebuia să îl părăsească, deşi îl iubea din toată inima.

După ce a scris mesajul, s-a uitat câteva clipe la telefon înainte să îl trimită. Lacrimile îi curgeau pe obraji, dar ştia că nu are altă alternativă. Nici măcar nu a mai mâncat în seara aceea. S-a pus în pat şi spera să adoarmă repede, să nu se mai gândească la nimic.

Era doar o amăgire, căci Rashid era în

gândurile şi în inima ei. Ştia că aşa va fi mereu, oricât va încerca să lupte cu amintirea lui. Spera doar că, odată cu trecerea timpului, îi va fi mai uşor şi nu o va mai durea atât. La un moment dat a tresărit. Se auzeau bătăi în uşă. Kelly a strâns din ochi. Ştia cine e la uşă, iar inima îi bătea cu putere.

În momentul acela ştia că trebuie să fie mai puternică decât a fost până atunci. Era viaţa lui în joc şi nu îşi putea permite să facă vreo greşeală.

-Kelly! Deschide uşa sau o dărâm! a auzit ea vocea dură a lui Rashid.

-Rashid, pleacă, te rog. Nu mai face atât de multă gălăgie, e târziu, a zis ea oprindu-se în faţa uşii, cu mâinile în jurul ei.

-Nu plec până nu vorbim. Acum, ori deschizi uşa, ori o dărâm, vorbesc foarte serios, Kelly! a zis el, iar ea ştia că aşa e.

A deschis uşa, iar Rashid a intrat ca o furtună înăuntru. Kelly se simţea privită, expusă, intimidată, dorită. Era doar într-un halat alb, care nu îi ajungea până la genunchi, pe care şi l-a strâns repede în jurul ei. El a privit-o pierdut pentru o clipă, după care a prins-o de braţ.

-În momentul ăsta îmi spui ce e cu mesajul ăla absurd pe care mi l-ai trimis. Nu crezi că merit o explicație spusă personal? a întrebat-o el, iar ea putea vedea durerea din ochii lui.

-Mi-a fost mai bine așa! Pentru ce să mai pierd timpul, dacă prin mesaje se poate comunica mai rapid?

Dă-mi drumul la mână, nu suport să mă atingi, i-a zis ea întorcându-se cu spatele la el și ștergându-și rapid o lacrimă care se încăpățâna să-i cadă pe obraz. El i-a ignorat vorbele și a venit în fața ei.

-Ce s-a schimbat de azi-dimineață, Kelly? La prima oră îmi trimiți un mesaj iubitor, care m-a bucurat foarte mult, iar acum, la câteva ore distanță, mi-ai trimis mesajul ăsta oribil. Ce vrei să mai înțeleg? Lămurește-mă! i-a zis el, privind-o. Dorința pentru ea îl cuprindea din nou, mai ales că ea era îmbrăcată atât de sumar.

-Rashid, m-am gândit mult astăzi și, pur și simplu, am ajuns la concluzia că nu îmi doresc să continuăm relația asta! Nu văd de ce trebuie să dau atâtea explicații, oamenii se mai schimbă, ce e atât de greu de înțeles? Asta e, nu suntem potriviți și meniți să fim împreună. Trebuie să accepți asta,

e simplu. Îţi doresc numai bine, dar eu nu îmi mai doresc să fim împreună, a spus ea privindu-l, punându-şi la încercare inima, pe care o simţea sângerând.

-Oamenii se schimbă, dar nu atât de mult şi de repede, Kelly! E vorba de câteva ore, nu de câteva zile, cel puţin, a zis el trecându-şi mâna prin păr.

-Dacă îţi dădeam mesajul mâine dimineaţă te simţeai mai bine? a întrebat ea. Uneori cu cât se fac lucrurile mai repede, cu atât mai bine! a spus ea închizând ochii şi inspirând adânc. Totul în ea se topea ştiindu-l atât de aproape, iar acum trebuia să ignore, să îl trateze ca şi când nu mai simţea nimic pentru el. Ştia că aşa trebuie, dar o durea. O durea enorm.

-Nu, Kelly, nu era mai bine! Ce nu am făcut bine, de te-ai decis brusc că nu mai putem fi împreună? Asta nu înţeleg eu! a zis Rashid venind spre ea, dar apoi s-a răzgândit şi s-a aşezat brusc pe canapea.

-Am ajuns la concluzia că nu pot să trec peste ceea ce mi s-a întâmplat acum patru ani! Îl urăsc pe tatăl tău, iar pe tine nu vreau să te mai ştiu aproape de mine! Până la urmă eşti fiul lui, iar asta nu se poate schimba, i-a răspuns ea, rămânând

încă în picioare.

-Dar, Kelly, în urmă cu doar câteva zile îmi spuneai altceva! Nu suport gândul că mă urăşti, până la urmă eu nu ţi-am dat motive pentru asta, a zis el trecându-şi mâinile peste obraji, după care a privit-o în felul acela în care o topea.

-Rashid, e timpul să accepţi că nu poate fi nimic între noi! E timpul să treci peste iluzia asta prostească pe care ai avut-o în legătură cu noi. Nu mă mai căuta! Pleacă acum, te rog! E târziu şi trebuie să dorm, i-a spus ea pe un ton voit nepăsător, însă simţea cum o doare fiecare cuvânt pe care i-l spune.

-Kelly, te-ai despărţit de Ryan pentru mine! Asta nu e nimic? a întrebat el rămânând tot acolo, privind-o îndurerat.

-Nu confunda lucrurile! M-am despărţit de Ryan fiindcă mi-am dat seama că nici pentru el nu simţeam nimic! Tot ce am făcut până acum cu tine a fost doar din dorinţa de răzbunare pe care am simţit-o încă de acum câţiva ani. Am vrut să te văd suferind din cauza mea, Rashid şi, din fericire, am reuşit! Mi-am jurat că, dacă ne vom revedea vreodată, asta voi face! Nu ai idee de cât de mult te urăsc, Rashid Al'Khalla! Nu simt nimic pentru

tine, Rashid, acceptă asta! Se pare că eu mi-am atins scopul, te rog să pleci acum, i-a spus Kelly, sperând să nu îi tremure vocea, iar el să nu simtă că îl minte.

-Așa deci, mă urăști! Nicio problemă, îți voi da motive să mă urăști în continuare, Kelly! i-a zis el, apoi s-a ridicat de pe canapea, a luat-o în brațe și a pus-o pe pat, înainte ca ea să poate reacționa. El s-a așezat deasupra ei și a început să o sărute, ținându-i mâinile captive în mâinile lui. O săruta cu furie, cu dorință, cu dragoste, cu toate astea amestecate.

Kelly a încercat să îl dea la o parte, dar nu a reușit. El era mult prea puternic pentru ea, iar sărutările lui străpungeau scutul pe care și-l construise cu greu în jurul ei. Pe de o parte îi era teamă de ceea ce îi făcea el, dar, pe de altă parte, ceva în ea nu avea puterea și dorința de a i se împotrivi.

-Nu te împotrivi, Kelly! Nu mai face asta, te rog! Nu suport gândul de a nu te avea, fie chiar și o singură dată. Ești atât de frumoasă, Kelly! Pot să te fac să mă vrei, jamil, i-a zis el șoptindu-i, în timp ce îi desfăcea halatul cu o mână, iar cu cealaltă mână îi ținea mâinile captive. Kelly îi simțea mâna pe abdomenul ei, care lăsa urme adânci pe trupul

şi în inima ei. Totul era atât de intens, dar nu putea să îl lase să îi facă asta. Nu voia să îl lase să o aibă aşa, nu ar fi suportat.

-Rashid, dă-mi drumul, te rog! Nu îmi face asta, nu tocmai tu, i-a zis ea simţindu-şi mâinile eliberate, căci el urca cu mângâierile spre sânii ei. Ea i-a luat faţa în mâini şi l-a privit, având lacrimi în ochi, încercând să îl facă să reacţioneze. Rashid s-a oprit când i-a văzut ochii înlăcrimaţi. A adus-o apoi la pieptul lui, realizând deodată ce făcea.

-Kelly, iartă-mă! Iartă-mă, iubito, i-a spus el simţindu-se cuprins de remuşcări, în timp ce o legăna uşor, mângâind-o pe spate.

-Rashid, pleacă! Doar pleacă, te rog! a zis ea desprinzându-se de el, deşi ceva îi spunea că nu asta îşi doreşte cu adevărat. Rashid s-a desprins de ea, simţind că a făcut ceva oribil. Se simţea groaznic.

-Kelly, te rog doar să mă ierţi! Nu voiam să îţi fac rău, doar că te doresc, iar asta e atât de greu de controlat. Ştiu că asta nu scuză ceea ce am făcut, dar ăsta e adevărul, a zis el ridicându-se de pe pat.

Kelly s-a ridicat din pat pentru a merge să încuie uşa după el.

-Să nu uiți niciodată cât de mult te iubesc și te doresc, habibati. Nimic din ce mi-ai spus nu schimbă asta, chiar dacă nu mă vrei lângă tine, iar prin ăsta, îți vei aduce aminte de mine, a zis Rashid mângâindu-i pielea din zona gâtului, în care era lănțișorul dăruit de el. Îmi pare rău pentru tot, Kelly! Pentru tot, în afară de faptul că te iubesc! Dar dacă fericirea ta nu sunt eu, nu pot să fac nimic în privința asta. Să fii fericită, eu nu am să te mai deranjez! Vreau doar să știi că nu te va iubi nimeni niciodată așa cum te iubesc eu! Adio, jamil! i-a zis el cu lacrimi în ochi, îmbrățișând-o încă o dată, după care a plecat în viteză, simțind o greutate apăsătoare în piept.

Kelly l-a privit cum pleacă, apoi a încuiat ușa și s-a lipit apoi de ea. Îi venea să meargă după el și să îi spună totul, dar era conștientă că nu putea să facă asta.

Să fii bine, habibi al meu. Te iubesc și te voi iubi mereu... s-a gândit ea, iar apoi s-a dus în pat, continuând să plângă.

Simțea că ceva s-a rupt în ea și o durea. Știa că de acum înainte va continua din nou doar să existe, nu să trăiască. Nu putea trăi cu adevărat fără Rashid lângă ea, dar trebuia doar să existe, pentru ca el să trăiască.

Rashid a mers acasă şi a făcut ceva ce nu a mai făcut de mult. A luat o sticlă cu băutură, a desfăcut-o şi a băut, doar un pahar, însă. Nu voia să bea mult, dar simţea nevoia să îşi aline durerea cumva. Avea remuşcări pentru că a sărutat-o în acel felul, dar o dorea atât de mult... încă o dorea şi o iubea, chiar dacă ea îi spusese lucrurile acelea oribile.

Nu îi venea să creadă că acea Kelly era Kelly a lui, fata lui specială şi dulce. Nu voia să creadă că ea a putut să se prefacă atât de mult şi să se răzbune pe el în felul acela.

Şi-a şters o lacrimă care îi aluneca pe obraz şi, înainte să adoarmă, şi-a promis că o va scoate pe Kelly Jones din inima lui.

Capitolul 8

În dimineaţa următoare Kelly a mers la şcoală, iar după aceea s-a întâlnit cu Jane.

-Ce se întâmplă, Kelly? M-a îngrijorat vocea ta când m-ai sunat! a zis Jane privind-o şi îmbrăţişând-o.

Kelly i-a povestit ce s-a întâmplat, iar Jane a îmbrăţişat-o, încercând să o consoleze puţin.

-Draga mea, nici nu ştiu ce să îţi spun! Eşti sigură că Mohamed chiar ar face asta? a întrebat-o ea, nevenindu-i să creadă.

-Da, Jane! Nu ar ezita să îşi ucidă fiul doar fiindcă nu mă vrea în preajma lui, i-a zis Kelly simţindu-şi inima sfâşiată.

-Nu ştiu ce vei face, dar promite-mi că vei avea grijă de tine! a zis Jane îngrijorată.

-Voi avea, aşa cum avut mereu. Voi trece cumva şi peste asta, dar nu va fi uşor. Pentru mine e important ca el să trăiască, chiar dacă asta înseamnă să nu fim împreună, a spus Kelly ştergându-şi lacrima. Gata cu asta acum. Spune-mi, cum merg lucrurile între tine şi Antonio? a întrebat ea forţându-se să zâmbească.

-Foarte bine! Antonio e un bărbat deosebit şi mă face fericită! a zis Jane zâmbind.

-Mă bucur să aud asta!

Kelly a mai povestit apoi câteva minute cu Jane, după care a plecat acasă. Acolo, a fost întâmpinată

de Carrie, cu care s-a jucat puţin, iar apoi i-a dat mâncarea ei preferată. Mai târziu a mâncat şi ea, dar puţin, căci nu avea poftă de mâncare... tânjea după el, după sărutul lui, îşi dorea să îl vadă, să îl îmbrăţişeze.

Ştia că nu îi va fi uşor şi parcă plângea tot mai des. În timp ce era în cadă, a simţit din nou lănţişorul. Nu reuşea să se abţină şi l-a deschis, iar în timp ce îi privea chipul, ochii îi lăcrimau. Era o amintire preţioasă de la el şi avea sentimentul că aşa se va întâmpla de fiecare dată când va deschide medalionul.

Ar fi vrut să o sune pe Ariana, dar nu voia să o deranjeze în luna de miere. A sunat-o în schimb pe Helena, dar nu i-a spus decât că ea şi Rashid nu mai sunt împreună, fără prea multe detalii. Şi-a amintit apoi că a trecut ziua şi nu a mers la Shadow, dar nu ştia cum va mai face asta când ştia că se poate întâlni cu Rashid. Pentru binele amândurora, trebuia să pună distanţă între ei.

Kelly s-a întins apoi în pat, amintindu-şi felul în care o privea, o ţinea în braţe şi o săruta cu o seară în urmă. În sinea ei, îi părea rău că va continua să trăiască fără să ştie cum ar fi fost dacă ar fi făcut dragoste cu el măcar o singură dată. Cel puţin ar fi avut o amintire în plus. Gândul acela o făcea să se

simtă ciudat, fiindcă oricât ar fi vrut să se mintă pe ea însăşi, îl iubea şi îl dorea la rândul ei. I se părea atât de nedrept ceea ce i s-a întâmplat.

Nu ştia de ce viaţa era atât de nedreaptă uneori, iar ea trebuia să piardă tot ceea ce iubea cel mai mult, pe singurul bărbat pe care îl putea iubi cu adevărat.

Şi-a amintit ceea ce îşi spunea atunci când era mai mică, cu puţin timp înainte de a-l cunoaşte, şi anume că ea nu îşi va dărui inima vreunui bărbat, fiindcă iubirea putea aduce suferinţă, exact sentimentul pe care îl simţea în acele momente. Se gândea cu autoironie la toate astea, întorcându-se de pe o parte pe alta. Simţea ceva care îi dădea senzaţia de rece în jurul gâtului. Era lănţişorul de la el. Şi l-a scos de la gât ca şi cum ar fi vrut să îl scoată şi pe el din inima ei şi l-a pus în sertar. A încercat să îl arunce, dar nu a reuşit. Ar fi înnebunit dacă nu l-ar fi păstrat, dacă nu ar fi avut măcar atât, o mică, dar importantă amintire de la el. Măcar aşa îi putea vedea chipul atunci când dorul de el o cuprindea. A scos lănţişorul din sertar, a oftat, l-a deschis, l-a privit din nou şi l-a lăsat deschis pe pernă, încercând să îşi facă astfel durerea suportabilă. Kelly a plâns din nou cu gândul la Rashid, până a adormit.

În ziua următoare, după ce Kelly a plecat de la şcoală, s-a urcat în maşină şi a condus în direcţia clubului de echitaţie. Trebuia să facă două lucruri importante: să semneze o cerere prin care solicita să nu mai fie membră a clubului şi să îşi ia rămas bun de la Shadow, un alt lucru care o întrista.

Odată ajunsă acolo, Kelly a semnat cererea respectivă, iar apoi a mers la Shadow. L-a răsfăţat cu diverse alimente care ştia că îi plăceau, dar până şi calul era trist, simţind starea ei.

-Îmi pare rău frumosule, dar aşa e cel mai bine! a zis ea privindu-l cu drag. Kelly îl mângâia pe Shadow când a simţit nişte paşi în spatele ei.

-Bună, Kelly! Vocea lui Rashid a făcut-o să tresară şi să se întoarcă repede spre el. Era atât de frumos şi... de trist, a observat ea oftând.

-Bună, Rashid! Eu tocmai plecam, a zis ea privindu-l rapid şi începând să meargă spre ieşire, dar el a prins-o uşor de braţ, dându-i fiori prin tot corpul. I-a observat astfel cearcănele din jurul ochilor, cearcăne pe care le avea şi ea.

-Kelly... nu trebuie să pleci doar fiindcă am venit eu aici, i-a spus el, privind-o cu intensitate.

-Scuză-mă, dar chiar trebuie să plec! a zis ea eliberându-şi braţul.

-Ştiam că trebuie să fii aici când am primit cererea ta mai înainte. De ce vrei să nu mai figurezi ca membră a clubului, Kelly? E din cauza mea? a întrebat-o el, urmând-o în curte.

-Cred că e evident! Vreau să evit orice întâlnire dintre noi, Rashid. Lucrul ăsta nu e benefic pentru niciunul dintre noi, a zis ea, încercând să scurteze cât putea dialogul cu el, dar asta nu însemna că nu simţea o tensiune de nesuportat între ei. Când totul din ea îi spunea că l-ar fi putut strânge în braţe, trebuia în schimb să îl respingă, să îl refuze, să îl uite.

-Uite, nu e nevoie să faci asta! Dacă vrei, atunci când vii aici, eu nu mai ies din biroul meu, pentru a nu te incomoda. Nu trebuie să renunţi să îl vezi pe Shadow doar pentru a nu mă vedea pe mine, i-a spus el cu o privire care îi trezea nişte senzaţii de tristeţe şi înfiorare.

-Nu, Rashid, e mai bine aşa! Acum chiar trebuie să plec! Nu ar trebui nici măcar să vorbesc cu tine, a zis ea privind cu teamă în jurul ei. Se aştepta ca în orice minut să apară Mohamed şi să

îşi pună planul în aplicare şi ştia că nu ar fi putut suporta asta.

-Kelly, de ce spui asta? Mă urăşti atât de mult, încât nici măcar nu mai putem vorbi unul cu celălalt ca doi oameni civilizaţi? a întrebat el mângâindu-i uşor braţul, dar ea s-a retras.

-Rashid... nu vreau să te văd, să vorbim, vreau să cred că nici măcar nu exişti! Înţelegi? Te rog să mă scuzi, chiar trebuie să plec, i-a spus ea mergând înainte, muşcându-şi uşor buza şi clipind des pentru a opri lacrimile pe care le simţea. Ştia cât îl dureau vorbele ei, dar nu se putea altfel.

Kelly a grăbit pasul pentru a ajunge cât mai repede la maşină. Odată intrată în maşină, şi-a lipit fruntea şi mâinile de volan, a oftat şi, privindu-l încă o dată pe Rashid care se afla la câţiva metri de ea, a accelerat şi a demarat simţind că abia poate respira cum trebuie.

În timp ce conducea, Kelly simţea cum lacrimile îi inundă ochii şi îi alunecă pe obraz cu încăpăţânare. Le-a şters repede cu o mână, încercând să fie atentă la drum.

Odată ajunsă acasă, Kelly s-a concentrat pe diverse acţiuni de curăţenie, de corectare a unor

teste, iar apoi, simțindu-se epuizată, a mâncat, doar fiindcă asta trebuia să facă. Pofta de mâncare parcă i-a pierit de când s-a despărțit de Rashid, iar cu pofta de viață se întâmpla același lucru. Își amintea de felul în care l-a simțit pe Rashid lângă ea cu doar câteva ore în urmă, iar asta îi stârnea din nou lacrimi în ochi. Era atât de frumos și de dulce, de blând... orice femeie ar fi fost norocoasă să îl aibă, iar ea era singura care nu va mai putea să fie vreodată lângă el. Se întreba oare cum va reacționa când va citi în ziare că el se va căsători cu o femeie din poporul lui, așa cum a zis Mohamed, dar știa deja răspunsul: va plânge, așa cum făcea tot mai des de câteva zile.

Soneria de la ușă a trezit-o din visare. Și-a șters repede lacrimile și a deschis ușa.

-Domnișoară Jones, un colet pentru dumneavoastră! a zis curierul, care i-a arătat unde să semneze.

-Mulțumesc! i-a spus ea, după care a închis ușa. A pus coletul pe masă și l-a deschis. În cutie era geanta ei, iar lângă era un bilet și un trandafir roșu. A deschis biletul și a început să citească:

Ți-ai uitat geanta la club și cum nu era o idee bună să ți-o înapoiez personal, am preferat

varianta asta. Chiar dacă tu mă urăşti, eu nu te pot urî şi nu voi putea vreodată să pretind că nu exişti.

Al tău pentru totdeauna, R.

Kelly a închis ochii, simţind că o lacrimă îi alunecă pe obraz, iar când l-a deschis a luat trandafirul, l-a mirosit, iar apoi l-a pus în vază. Era nervoasă pe ea însăşi fiindcă şi-a uitat geanta acolo, dar îi era recunoscătoare că a primit-o înapoi. După ce a aruncat cutia, a văzut că nu mai avea mâncare pentru Carrie şi a mers cu maşina la cel mai apropiat magazin pentru a se aproviziona. Kelly a căutat printre rafturi şi a găsit ceea ce căuta. A luat sacul cu mâncare şi l-a pus în coş.

-Se pare că destinul nu ne lasă să uităm că existăm, nu ţi se pare? a întrebat Rashid, apărut dintr-o dată în calea ei. Kelly a tresărit. Nu îi venea să creadă că îl vedea din nou. Era ca şi cum destinul se juca cu ea, cu amândoi. Inima îi bătea tot mai repede atunci când l-a privit pentru câteva secunde, simţindu-şi inima frântă.

-Kelly... te simţi bine, pari tristă sau mi se pare? a zis el luând-o de mână, neputându-se abţine. Îi părea atât de tristă, de vulnerabilă şi de fragilă. Îi venea să o îmbrăţişeze, dar ştia că l-ar fi respins. Ar fi vrut atât de mult să o simtă lângă el,

166

să o sărute, dar nu putea să lupte împotriva urii ei.

-Sunt bine. Trebuie să plec, a zis Kelly luându-şi mâna din mâna lui, însă el i-a eliberat mâna cu greu, iar asta era o tortură pentru amândoi. Mulţumesc că mi-ai trimis geanta, i-a mai spus ea, spunându-şi că e doar politicoasă.

-Cu plăcere, Kelly! Ţi-a plăcut trandafirul? a întrebat-o el, zâmbindu-i şi făcând-o să roşească.

-Mulţumesc! Trebuie să plec. Să ai o zi bună! a zis ea, întorcându-se şi luând mânerul coşului de cumpărături în mână.

-O zi bună şi ţie, Kelly... i-a răspuns privind lung în urma ei.

Când Kelly a plecat din magazin, el a mers cu maşina în urma ei, spunându-şi că vrea doar să se asigure că ajunge cu bine acasă. Se bucura că ea nu l-a observat, nu voia să aibă alte probleme. A oprit maşina la o casă distanţă de ea şi gândul i-a zburat departe. Se gândea la modul în care ar reacţiona să o vadă cu un alt bărbat şi dacă ar putea doar să o privească, fără să îi vină să îndepărteze pe oricine s-ar apropia de ea.

Rashid a strâns pumnii, a închis ochii, a oftat,

iar apoi, încercând să se calmeze, a plecat de acolo, fiindcă dorința de a o vedea și de a o simți lângă el era prea puternică. Simțea că nu se va elibera de ea niciodată, deși, poate, pentru liniștea lui ar fi trebuit. Nu putea să creadă că îl ura și că era o ființă răzbunătoare, mai ales în ceea ce îl privea. Voia să o uite, încerca să facă asta, dar era prea devreme.

O voce interioară îi spunea că se minte pe el însuși, fiindcă nu o va putea uita niciodată.

Odată ajuns acasă, a început să lovească sacul de box din camera lui, până la epuizare. S-a uitat pentru o clipă la sticla cu băutură, dar a alungat repede gândul. Nu va bea pentru a o uita, fiindcă nici asta nu îl va ajuta. De fapt, era convins că nimic nu îl va ajuta, fiindcă era imposibil să o uite. Ar fi vrut atât de mult să fi avut ocazia să o aibă, să o simtă așa cum și-ar fi dorit și să nu o mai fi lăsat din brațe vreodată.

Kelly și-a făcut un ceai și îl savura încercând să se uite la ceva la televizor. A găsit într-un final un film de dragoste, film care a făcut-o să lăcrimeze, adâncindu-i starea în care se afla. Se gândea cu tristețe că ea nu va avea parte de un final fericit, la fel ca protagoniștii din film. Din păcate, în viața reală, lucrurile nu se termină întotdeauna cu bine.

Ştia că trebuie să îşi continue viaţa cumva, nu avea de ales.

În ziua următoare, în timp ce era la şcoală, Kelly a văzut un elev care a adus nişte plicuri pentru ea, dar şi pentru ceilalţi colegi ai ei. Erau cu toţii invitaţi să participe la petrecerea organizată în onoarea sponsorului care donase o sumă mare de bani pentru şcoală. Era obligatorie participarea tuturor, iar petrecerea era în seara aceea, la ora 19:00, la cel mai bun restaurant din oraş.

Peste câteva ore, Kelly se pregătea pentru petrecere, deşi nu avea deloc starea necesară să participe. Era conştientă însă de faptul că nu poate să îşi petreacă zilele şi nopţile numai acasă, plângând după Rashid.

Kelly a auzit soneria şi se grăbea să deschidă. Trebuia să fie Jane, care venea după ea pentru a merge împreună la petrecere. S-a mai privit o dată în oglindă. Şi-a lăsat părul liber, iar rochia neagră, lungă şi nedecoltată pe care o avea îi punea în valoare silueta. Ştia că nu s-ar fi simţit în largul ei într-o rochie mulată şi decoltată. Privirea i-a căzut şi pe lănţişorul pe care îl avea la gât şi pe care nu se încumeta să îl dea jos. A închis ochii, a oftat, după care a mers să deschidă uşa.

169

-Bună, Jane, arăți minunat, i-a zis Kelly admirând-o pe femeia din fața ei. Jane era îmbrăcată într-o rochie verde, mulată și care nu îi ajungea la genunchi, iar părul era strâns într-un coc.

-Și tu arăți aproape foarte bine, dar spun aproape, fiindcă ți se citește tristețea din ochi. E vizibilă, iar pentru mine cu atât mai mult, deoarece eu cunosc cauza... Hai să mergem, doar nu vrem să întârziem, a zis ea încercând să obțină un zâmbet cât de slab din partea prietenei ei. Kelly i-a zâmbit, iar apoi a urmat-o pe Jane la mașină.

-Mă bucur atât de mult că ești și tu invitată la petrecere. Nu știu ce aș fi făcut singură, mai ales că nu am o stare potrivită pentru astfel de evenimente, a zis Kelly atingându-și din reflex lănțișorul.

-Și eu sunt bucuroasă, iar în ceea ce te privește sunt sigură că te-ai fi descurcat cumva. Apropo, frumos lănțișor. E noua ta achiziție? a întrebat-o Jane curioasă.

-L-am primit, i-a zis ea și l-a desfăcut, arătându-i medalionul.

-O, ce frumos și cât de greu trebuie să îți fie...

a zis Jane, admirând rapid medalionul cu chipul lui Rashid.

-Nu am să mint. Mi-e dor de el şi ştiu că va avea mereu un loc special în inima mea, dar nu se poate altfel... a zis Kelly, închizând medalionul.

-Îmi pare atât de rău pentru voi... tocmai acum s-au întâmplat toate astea, când în sfârşit eraţi împreună, a spus Jane oftând.

-Cumva îmi voi reveni şi din asta, a zis Kelly sperând că aşa va fi.

În scurt timp cele două femei au ajuns la petrecere, la restaurant. Şi-au acolo locurile la masă şi l-au salutat pe Ryan, care era aşezat lângă ele. Kelly bea din paharul cu suc, când, la un moment dat, directorul şcolii s-a urcat pe mica scenă amenajată în restaurant şi a început să vorbească:

-Şi acum, îl invit în scenă pe sponsorul nostru, domnul Rashid Al'Khalla!

Aplauzele au răsunat în sală în timp ce Rashid venea pe scenă. Kelly l-a privit, iar privirile lor s-au intersectat.

-Şi aici îl văd, nu se poate! a zis Kelly, uitându-se pentru câteva secunde spre Jane. Oricât ar fi vrut să evite contactul vizual cu el, nu putea.

-Nu am ştiut că el era sponsorul atât de lăudat, a zis Jane surprinsă, după care a zâmbit. Se uită la tine, nu ştiu dacă ai observat.

-Am văzut... a zis Kelly simţind că inima îi bate tot mai puternic. Şi ea îl privea, neputându-se abţine. Îi plăcea felul în care arăta, felul în care se comporta, era atât de sigur pe el. Îl asculta în timp ce îşi rostea discursul, admirându-i modestia, dar şi stăpânirea de sine, precum şi frumuseţea.

La sfârşitul discursului său, Rashid a menţionat că a făcut acel gest pentru copii şi pentru ca şansele lor la educaţie să fie cât mai mari. În aplauzele tuturor, Rashid a coborât apoi de pe scenă şi, făcându-şi loc prin mulţime, a ajuns la masa la care se afla Kelly. Între timp, petrecerea continua, iar câteva persoane dansau.

-Bună seara, doamnelor! a zis el, adresându-se lui Kelly şi lui Jane. Arătaţi minunat în seara asta, le-a mai spus el zâmbind, astfel declanşând neliniştea lui Kelly. Jane i-a zâmbit, iar Kelly a făcut acelaşi lucru, deşi se simţea foarte tensionată.

-Bună seara, Rashid! au spus în cor cele două prietene.

-Kelly, dansezi cu mine? a întrebat-o cu un zâmbet cuceritor.

-Eu nu mă simt prea bine şi nu cred că e o idee bună, a zis ea abia găsind o scuză, evitând să-l privească. Rashid s-a apropiat, a întins mâna spre ea şi i-a spus:

-Nu cred că vrei să fii văzută refuzând sponsorul cel mai important de anul acesta al şcolii, aşa că... nu se întâmplă nimic dacă dansăm împreună, a zis el afişând un zâmbet cuceritor şi superb, căruia ei îi era tot mai greu să îi reziste.

Kelly l-a fulgerat cu privirea, dar i-a luat mâna, fiind conştientă de privirile celor din jurul lor. A încercat să îşi calmeze bătăile inimii atunci când el a condus-o pe ringul de dans.

-Vezi că se poate dacă vrei? a tachinat-o el, înlănţuind-o cu braţele lui şi privind-o cu aceeaşi intensitate ca întotdeauna.

-Un dans, Rashid, nu mai mult! Un dans şi mă vei lăsa în pace. Ştii prea bine că nu mă aflu aici din proprie voinţă, ci fiindcă nu vreau să dau

suspiciuni celor din jur, a zis ea încruntându-se.

-Nu mai fi atât de tensionată, nu îți face bine, jamil! Mai bine mi-ai spune de ce porți lănțișorul de la mine din moment ce mă urăști atât de intens, a spus el mângâindu-i ușor spatele, înfiorând-o.

-Nu am de ce să îți dau explicații, Rashid! Lănțișorul îmi place și atât, nu e nimic ciudat la mijloc, a zis ea închizând ochii, simțindu-și sufletul expus în fața lui, ca de obicei.

-Bine, să zicem că te cred. Ești atât de frumoasă, dar și tristă, Kelly! Ești bine? Mi se pare mie sau ai mai slăbit? a zis el, cercetând-o cu privirea. Kelly l-a privit surprinsă. El parcă vedea prin ea și îi ghicea stările, precum și sentimentele, iar asta o intimida, dar o și bucura, în adâncul inimii ei.

-Sunt bine, mulțumesc! Nu trebuie să mă privești așa, Rashid, nu pe mine. Nu mă simt bine când faci asta, a spus ea, încercând să se mai dezlipească de el, dar s-a simțit adusă spre el, subtil.

-Dar nu îți fac nimic, doar te privesc, Kelly! a zis el cu un zâmbet inocent, dar cu o privire încețoșată de dorință, iar ea simțea asta și și-a închis ochii din nou pentru a încerca să oprească

174

lacrima care amenința să cadă. O parte din ea ar fi vrut să îl sărute, să se bucure de el și de dragostea lui, să nu îi mai pese de nimic, doar de ei doi... dar nu putea. Și-a dus repede mâna la ochi, dar lui nu i-a scăpat gestul ei. Zilele acestea l-am revăzut pe tatăl meu. Mi-a făcut o vizită surpriză. L-ai văzut și tu din întâmplare? i-a zis el, savurând senzația corpurilor lor lipite.

-Nu! Adică, nu... sigur că nu, a spus ea clipind des pentru a-și ascunde trăirile sau cel puțin pentru a încerca...

-Ești sigură? a zis el privind-o cu atenție.

-Da, de ce ar fi trebuit să îl văd? l-a întrebat ea prefăcându-se uimită.

-Mă gândeam că poate l-ai văzut din întâmplare prin oraș... a spus el, analizându-i reacțiile.

-Nu, nu l-am văzut! a zis ea, îndreptându-și spatele.

-Știi, mi-a zis că a aflat că suntem... că, mă rog, am fost împreună și a început să îmi țină diverse teorii despre tine și să îmi spună că nu e bine să fiu cu o femeie ca tine și altele. I-am spus că poate fi liniștit, fiindcă te-ai despărțit de mine, a adăugat

Rashid cu un glas în care ea a simțit iritare.

-Rashid... părerea lui despre mine nu mă mai interesează, iar acesta nu e un subiect plăcut pentru mine, a zis ea, înghițind cu greu.

-Care, tatăl meu sau despărțirea noastră? a zis el, zâmbindu-i într-un mod care era mai mult trist decât provocator.

-Rashid, te rog... știi prea bine la ce m-am referit... a zis ea indignată. În plus, se pare că s-a terminat melodia, trebuie să plec, a spus ea privind încă o dată în ochii lui superbi.

De fapt, totul era superb la el. Era superb în sine, însă trebuia să se distanțeze de el. A cuprins un fior intens atunci când Rashid a privit-o pierdut, după care a sărutat-o pe obraz, aproape de buze.

-Știi, jamil... te-aș lua de aici și te-aș duce cu mine. Te-aș face fericită, te-aș face să nu mă mai urăști... i-a zis Rashid, punându-și palmele pe șoldurile ei, lipind-o ușor de el.

Kelly l-a privit uimită și îndepărtându-se simțea că tremura toată când a plecat de lângă el. Și-a simțit inima sfărâmată în mii de fărâme în

timp ce mergea spre masa ei.

-Jane, vreau să plecăm, acum, te rog! Nu mai suport să fiu aici, a zis ea, simțind că nu mai are suficient aer în acea încăpere.

-Haide, draga mea, să mergem atunci! a spus Jane, observând starea în care era Kelly. Părea că era pe cale să plângă.

Jane s-a ridicat și după ce l-au salutat amândouă pe Ryan, au plecat împreună la mașină.

-Bine că nu aveam și un timp obligatoriu de stat aici, ar fi fost insuportabil! a zis Kelly, ștergându-și o lacrimă.

-L-am văzut cum se uita după tine când ai plecat de lângă el mai devreme. Se vede cât de mult te iubește, i-a spus Jane, în timp ce conducea spre casă, gândindu-se cât îi e de greu să își vadă prietena suferind astfel. Nu e corect ce vi se întâmplă, Kelly. Poate ar trebui să mergi la poliție și să îl denunți pe Mohamed pentru șantaj și amenințări, a adăugat Jane serioasă.

-El e o persoană influentă și mi-a dat de înțeles să nu fac așa ceva! Oricum ar fi, nu pot să risc viața lui Rashid, nu aș suporta ca el să pățească ceva...

a zis ea, simţindu-se groaznic numai la gândul acela.

-Ce groaznic... a spus Jane tristă. Oare nu mai e deloc dreptate în lume? Kelly a oftat şi nu a mai spus nimic. Nu mai avea putere să spună ceva. În scurt timp, Jane a oprit maşina.

-Kelly... vrei să rămân cu tine peste noapte? a zis ea, privind-o cu îngrijorare.

-Nu, e în regulă, nu e nevoie, a spus ea dorindu-şi doar să rămână singură.

-Eşti sigură, draga mea? a întrebat Jane.

-Da, du-te liniştită, voi fi bine! i-a zis Kelly forţând un zâmbet.

-Dacă zici tu... să ai grijă de tine, Kelly! i-a spus Jane îmbrăţişând-o.

-Voi avea, asta am făcut mereu, stai liniştită, a zis Kelly, îmbrăţişând-o puternic.

-Noapte bună, Kelly!

-Noapte bună şi ţie, Jane şi îţi mulţumesc pentru tot! i-a spus ea zâmbindu-i.

-Nu ai pentru ce, Kelly! i-a zis Jane, după care a plecat.

Kelly a intrat în casă, şi-a lăsat haina în cuier, iar apoi a pus în bolul lui Carrie mâncarea ei preferată. Ea a mâncat apoi un iaurt, deşi abia a mâncase la petrecere. A făcut după aceea un duş, iar apoi s-a pus în pat, simţind aceeaşi oboseală şi tristeţe din ultimele zile.

Capitolul 9

În ziua următoare, în timp ce se afla la şcoală, Kelly s-a uitat în calendar şi a observat că era mai puţin de o lună până la vacanţa de vară. Plănuia să îşi petreacă vacanţa cu mama şi sora ei. Abia aştepta să îşi revadă sora şi să povestească. Cu siguranţă aveau multe de vorbit. Şi-a amintit că în urmă cu doar câteva zile primise o vedere de la Ariana. Ea îi transmitea câteva gânduri frumoase, de fericire, împreună cu cele câteva fotografii în care erau ea şi Casey, îndrăgostiţi şi fericiţi.

Kelly a zâmbit, amintindu-şi sentimentul de fericire pe care l-a avut când i-a privit. Erau frumoşi şi minunaţi şi se putea observa cât de mult se iubesc, iar ea era foarte fericită pentru ei. Zâmbetul i-a dispărut repede, fiindcă şi-a amintit

de Rashid. Era aproape o lună de când îl alungase din viaţa ei, dar nu reuşea să alunge dorul şi sentimentele pe care le avea pentru el. Din presă mai afla informaţii despre el, iar asta o mai alina puţin. Ultima ştire pe care o citise despre el era aceea că se ocupa intens şi de dresajul cailor, iar la clubul de echitaţie se făcea de ceva timp terapie cu ajutorul cailor pentru diverse boli de care sufereau copiii care veneau acolo. Ştirea aceea a făcut-o să îl admire şi mai mult. Era un bărbat sensibil la nevoile celor din jurul său şi dacă putea să ajute în vreun fel, o făcea fără ezitare.

Kelly şi-a amintit şi de încercările de recucerire ale lui Ryan, încercări care eşuaseră. Ea i-a explicat foarte clar că nu putea să fie cu altcineva cât timp avea sentimente atât de puternice pentru Rashid, iar el a încercat să o înţeleagă şi să îi fie aproape.

Răsfoia o revistă când, la un moment dat, un articol i-a atras atenţia:

Cunoscutul om de afaceri Rashid Al'Khalla trece în aceste zile printr-o adevărată dramă: tatăl său a fost ucis de către un necunoscut zilele trecute. El a anunţat că va face mâine o călătorie în Iran pentru a duce acolo trupul tatălui său şi pentru a-l înmormânta în ţara de origine.

Kelly a ridicat din sprâncene, surprinsă de știrea pe care tocmai o cititse. O durea faptul că Rashid suferea, dar nu își putea controla gândurile care începuserp să își facă loc în mintea ei.

S-a ridicat repede de pe scaun, și-a luat geanta și s-a urcat în mașină, conducând mai repede ca de obicei spre casă. Știa că are un singur lucru de făcut și nu se mai putea gândi la nimic altceva. Odată ajunsă acasă, a sunat-o pe Jane și a rugat-o să aibă grijă de Carrie acum, în weekend. Când i-a spus motivul, Jane a rămas surprinsă, dar și fericită.

-În sfârșit, pot să fac ceea ce îmi doresc cu adevărat, draga mea Jane! Sper doar să nu fie mult prea târziu, a zis Kelly ținând telefonul pe umăr în timp ce împacheta. Sunt pe cale să fac ceva foarte riscant, iar eu nu sunt adepta acestor lucruri, dar... nu mă pot abține, a mai spus Kelly zâmbind ușor.

-Pentru dragoste trebuie să riști întotdeauna, orice ar fi! a zis Jane, zâmbind la rândul ei.

-Așa este, ai dreptate! Trebuie să te las acum, draga mea, dar te voi anunța ce s-a întâmplat, a zis Kelly cu o ușoară oboseală în glas, în timp ce căuta cu privirea alte lucruri utile pentru călătorie.

-Bine, draga mea! Să ai grijă de tine! Aștept vești de la tine cât de curând. Totul va fi bine, ai încredere. O iubire ca a voastră e specială și imposibil de distrus. Mult succes! Te pup!

-Și eu te pup, Jane! a zis Kelly, după care a închis. A pus repede câteva lucruri într-o geantă de voiaj, a sunat un taxi și în timp ce aștepta, s-a așezat pe canapea, servind un pahar de suc. Și-a trecut o mână prin păr, gândindu-se la ceea ce urma să facă. Și-a atins lănțișorul, l-a deschis, a sărutat medalionul și s-a mai privit o dată în oglindă. Claxonul taxiului a întrerupt-o din visare, astfel că și-a luat geanta de voiaj, a mai mângâiat-o încă o dată pe Carrie și a ieșit.

-La aeroport, vă rog! a spus ea, simțindu-și bătăile inimii tot mai rapide.

Odată ajunsă la aeroport, iar apoi în avion, s-a așezat pe scaun, și-a luat o carte și a început să citească, gândindu-se cu puțină teamă la reacția lui Rashid, însă oricum era hotărâtă să nu mai dea înapoi. Avionul a decolat deja, iar ea spera să ajungă cu bine. Avea cam optsprezece ore de zbor de făcut și abia aștepta să ajungă la destinație, în Teheran, capitala Iranului.

S-a bucurat că, în puținul timp pe care l-au

petrecut împreună, a avut inspirația să îl întrebe unde locuiește în Teheran. La un moment dat s-a uitat pe geam savurând liniștea dată de razele soarelui. Fără să își dea seama, la un moment dat Kelly a adormit. Când s-a trezit, a văzut că toți cei din avion se pregăteau pentru aterizare. După o aterizare liniștită, Kelly și-a pus o eșarfă care îi acoperea chipul, așa cum știa că procedează turiștii, apoi a luat un taxi, care a dus-o până la hotelul unde își făcuse rezervarea.

Era dimineața devreme și o vreme frumoasă în Teheran, iar ea admira peisajul atât cât putea, privind pe geamul taxiului. Era conștientă că se află parcă într-o altă lume, cu altă cultură și cu alte obiceiuri, dar spera să își atingă scopul pentru care venise de atât de departe de casă.

Dacă i-ar fi spus cineva acum câțiva ani că va merge până la capătul lumii pentru bărbatul pe care îl iubea, nu ar fi crezut, însă iată că până acolo a ajuns pentru a încerca să îl recupereze pe Rashid, singurul bărbat care a impresionat-o cu adevărat, de data asta pentru totdeauna.

Kelly a strâns din ochi când a coborât din taxi. Odată ajunsă în cameră, a făcut un duș și apoi s-a întins în pat, încercând să adoarmă. Peste doar câteva ore urma să asiste la înmormântare și să

îl revadă pe Rashid, iar asta îi dădea o stare de agitaţie. I-a dat un mesaj prietenei ei prin care o anunţa că a ajuns cu bine în Teheran, după care a închis ochii, adormind repede.

Telefonul a sunat, iar Kelly s-a trezit repede. S-a uitat la ceas: mai avea o oră la dispoziţie să se pregătească şi să meargă la cimitirul unde urma să aibă loc înmormântarea, astfel că s-a îmbrăcat într-o rochie lungă, neagră, nedecoltată, şi-a prins părul într-o coadă de cal, şi-a pus eşarfa pe cap şi a ieşit din cameră. A mers în faţa hotelului, unde o aştepta deja un taxi.

Ea i-a spus şoferului adresa, iar acesta a pornit maşina. Deşi drumul nu era lung, Kelly a simţit un nod în stomac pe parcursul întregului drum. Se simţea atât de emoţionată, încât se temea să nu facă ceva greşit. În scurt timp a ajuns la cimitir. Kelly a coborât din maşină şi s-a îndreptat spre locul unde a văzut mai mulţi oameni adunaţi în jurul decedatului. Slujba începuse deja. În timp ce se grăbea spre locul acela, l-a văzut pe Rashid. Era atât de frumos şi atât de trist, încât simţea că i se rupe inima pentru el. Îi părea rău pentru suferinţa lui.

A închis ochii şi s-a apropiat discret. Rashid era la câţiva paşi distanţă de ea, iar Kelly ştia că a

văzut-o. Preţ de câteva secunde s-au privit, iar ea a citit surpriza în ochii lui frumoşi. Kelly s-a uitat apoi în altă parte. Nu voia să vadă o eventuală dezaprobare sau ură în privirea lui.

Kelly a observat că nu erau mulţi cei prezenţi acolo, probabil cei apropiaţi familiei. În timpul slujbei, Rashid nu a venit lângă ea, însă slujba s-a terminat, iar ea a rămas în aşteptare, cu inima strânsă.

După ce a plecat toată lumea, Rashid a venit lângă ea. Kelly simţea că se înfioară numai când o priveşte, dar în acele momente îi era şi teamă, fiindcă nu ştia care va fi reacţia lui. El a ajuns în faţa ei şi s-a oprit, parcă nevenindu-i să creadă că era într-adevăr ea.

-Kelly... tu, aici? a întrebat el uimit, privind-o cu tristeţe.

-Da... condoleanţe pentru moartea tatălui tău! i-a spus ea strângându-i mâna şi, neputându-se abţine, l-a îmbrăţişat scurt, simţindu-şi bătăile inimii tot mai rapide.

-Mulţumesc, dar... e o adevărată surpriză să te văd aici! E ceva neaşteptat...

-Ştiu şi aş vrea să vorbim când ai timp, te rog! Ştiu că acum nu e cel mai bun moment, dar poate mâine vei dori acest lucru. Doar mâine mai rămân aici, după care mă întorc în San Francisco, trebuie să mă întorc până luni, a zis ea zâmbindu-i slab. Abia putea să îi vorbească, să îl privească, atât era de emoţionată.

-Vorbim acum, Kelly! i-a spus Rashid luând-o de mână şi privind-o intens. Dacă ai venit tocmai din San Francisco până aici, înseamnă că e ceva foarte important! a adăugat el ridicându-i bărbia, făcând-o să îl privească. Haide să facem câţiva paşi, i-a mai zis apoi, în timp ce treceau de poarta cimitirului.

-Eşti sigur? Nu aş vrea să te deranjez tocmai acum. Ceea ce am eu să îţi spun mai poate aştepta, a zis ea, încercând să îl lase să respire după ceea ce tocmai trăise, înmormântarea tatălui lui.

-Kelly, ia loc aici şi vorbeşte cu mine! Dacă am spus asta înseamnă că sunt pregătit să te ascult, a spus Rashid aşezându-se pe o bancă din acel parc în care tocmai intraseră.

Kelly s-a aşezat, încercând să îşi controleze bătăile inimii. Până la urmă, era conştientă că nu mai avea nimic de pierdut, iar momentul

adevărului a venit.

-Rashid, trebuie să îți spun ceva foarte important și nu știu cum vei reacționa. Te rog doar să nu ai anumite manifestări violente atunci când am să termin ce am de spus, a zis ea înghițind în sec și evitându-i privirea.

-Kelly... nu am fost niciodată violent cu tine și nu voi începe acum. Liniștește-te și vorbește cu mine, nu îți fie teamă! i-a spus el, luând-o de mână și mângâind-o ușor.

-Nu pot așa, dacă mă ții de mână... a zis Kelly, luându-și mâna din mâna lui, deși gestul lui o atingea până în adâncul ființei ei. El nu mai spunea nimic, doar o privea și aștepta ca ea să înceapă să își descarce sufletul. Știa că avea nevoie de asta. Amândoi aveau. Știi că m-ai întrebat mai demult dacă m-am întâlnit cu tatăl tău de când acesta a sosit în San Francisco și ți-am spus că nu? Ei bine, nu era adevărat, i-a mărturisit Kelly, coborând privirea, dar el i-a atins chipul și i-a ridicat bărbia, pentru a se privi în ochi unul pe celălalt.

-Mi-ai spus că nu l-ai văzut, a zis el încruntat.

-El a venit la mine acasă și mi-a spus să te părăsesc și că nu e de acord cu relația noastră. A mai

spus că te va ucide dacă nu renunţ la tine şi să nu merg la poliţie, fiindcă oricum nu i se va întâmpla nimic, a spus ea, încercând să îi evite privirea, dar el nu îi permitea. I-a şters în schimb lacrima care îi aluneca pe obraz cu degetul, mângâindu-i uşor obrazul. De asta m-am despărţit de tine şi ţi-am spus acele lucruri oribile... Rashid, eu nu te urăsc, nu aş putea să fac asta niciodată... înţelegi ce vreau să îţi spun? Desigur, dacă tu consideri că nu mă poţi ierta, voi accepta acest lucru, dar trebuia să vin aici şi să îţi spun toate astea, înţelegi? a întrebat Kelly, simţind că lăcrimează din nou.

Spre surprinderea ei, Rashid s-a ridicat în picioare şi şi-a trecut nervos mâna prin păr.

-Vino cu mine! Acum! i-a zis el, luând-o de mână, iar ea nu a putut decât să îl asculte şi să îl urmeze. Mergeau într-un ritm grăbit, iar Kelly îşi dădea seama că se întorc la cimitir.

Odată ce au ajuns amândoi la locul unde se afla înmormântat tatăl lui Rashid, acesta a spus cu o voce puternică ce trăda durerea, dar şi speranţa:

-Uite-o! O vezi? E aici, lângă mine şi aşa va fi mereu! a zis Rashid privind spre cer, nelăsându-i mâna lui Kelly, care lăcrima într-una, neputându-se opri. Nu ne vei mai ţine departe unul de celălalt

niciodată, m-ai înțeles?

-Rashid, nu e nevoie de toate astea, nu îți face asta, nu e bine să vorbești așa, te rog... a spus Kelly simțindu-i durerea, dar simțind-o și pe a ei.

-Ba da, e nevoie, Kelly! Din cauza lui, noi puteam să nu mai fim niciodată împreună și să ne ratăm șansa la fericire. Ascultă-mă bine, Mohamed Al'Khalla: nu te voi ierta niciodată pentru ceea ce ai încercat să faci! a zis Rashid, iar vorbele lui au fost ca un strigăt de durere. Hai să plecăm de aici, Kelly! Locul ăsta îmi face rău! a spus el, lăsându-i mâna numai cât să își șteargă lacrimile de pe chipul răvășit.

După ce au ieșit în grabă din cimitir, Rashid a luat-o din nou de mână, a apropiat-o de el și a întrebat-o:

-Kelly... ce s-ar fi întâmplat dacă Mohamed nu murea? Eu nu aș fi aflat niciodată despre toate astea? Cum am fi putut... cum am putea să trăim unul fără celălalt?

-Nu știu, probabil că nu ai fi aflat... viața ta e prea importantă pentru mine, Rashid, și nu voiam să risc... crede-mă că nici mie nu mi-a fost ușor... i-a spus Kelly, ștergându-și din nou lacrimile.

-Sunt convins. Şi totul din cauza acelui... nici nu are rost să mai spun ceva acum, a zis el respirând adânc, încercând să se calmeze. Cât despre faptul că nu aş fi aflat, trebuie să mă bucur de faptul că ai o prietenă care ţine enorm la tine... am aflat totul de la Jane, chiar azi. Nu, nu ştiam că vei veni aici, ea nu mi-a zis şi asta, a zis el observându-i surprinderea. Urma să se termine înmormântarea şi să iau primul avion spre San Francisco pentru a te face să te răzgândeşti, jamil, i-a zis el respirând cu greutate, simţindu-se obosit după ziua grea prin care trecuse.

-Dar, Rashid, ea nu trebuia să facă asta! El te-ar fi... a zis ea, oprindu-se apoi. Nu putea pronunţa cuvântul acela.

-Aşa e, ar fi fost capabil de asta, dar nu ştiu, am fi fugit, am fi găsit o soluţie... trebuia să vorbeşti cu mine, jamil, nu trebuia să se ajungă la toate astea şi să suferim atât... a spus el, mângâindu-i obrazul.

-Trebuie să înţelegi că pentru mine e important ca tu să trăieşti, chiar dacă asta înseamnă să fii departe de mine... Nu ai idee de cât de mult însemni pentru mine! i-a zis ea cu lacrimi în ochi.

-Şşş... ştiu, Kelly, chiar ştiu şi nu pot decât să mă bucur! Şi tu însemni totul pentru mine. Nu mai

în faţa mea şi să crezi că eu nu te voi săruta, cel puţin, a zis el aducându-i cu o mână chipul spre el şi sărutându-i buzele aşa cum îşi dorise de atâtea ori să facă.

Kelly a simţit pasiunea şi dorinţa pentru ea în sărutul acela care îi unea. Felul în care îi explora buzele o făcea să simtă căldură în tot corpul. Era atât de bine să îl simtă lângă ea, să ştie că amândoi simt acelaşi lucru unul pentru celălalt, să vadă în privirea lui frumuseţea sentimentelor pe care ştia că i le poartă. Rashid i-a sărutat buzele, iar apoi gâtul, în timp ce cu o mână îi mângâia obrazul, iar cu cealaltă o ţinea înlănţuită în braţele lui, de parcă nu ar mai fi lăsat-o să se îndepărteze de el. Simţea cum ea îi răspunde la sărut cu aceeaşi intensitate, iar asta îl făcea fericit, însă dorinţa acumulată în el era tot mai greu de stăpânit. El a desprins-o uşor, pentru ca amândoi să îşi regăsească aerul.

-Pentru moment ar fi mai bine să ne oprim aici! a zis el, conştient de efortul pe care îl face numai de dragul ei. O privea încercând să îi ghicească reacţia.

-Bine! a zis ea îmbujorată. Îl privea cu admiraţie şi dragoste.

-Asta dacă nu cumva îţi doreşti să facem

dragoste chiar acum, i-a spus Rashid cu un glas puțin răgușit, luând-o de mână și zâmbindu-i în timp ce o privea de parcă ar fi vrut să citească dincolo de ceea ce lăsa ea să se vadă.

-Nu! Adică, nu acum, desigur! a zis Kelly ridicându-se din brațele lui, deși ceva din ea ar fi vrut să rămână.

Kelly s-a așezat pe alt scaun privindu-l fascinată. Când venea vorba de el, parcă nu mai era loc de rațiune în mintea ei. Era atât de frumos, de dulce, de puternic, de bărbat, de atent cu ea, încât se simțea topită cu totul.

-'Atamanna ya jamila[7] și știi că se va întâmpla și asta între noi, a zis el venind spre ea și sărutându-i mâna, iar ea nu știa cât mai reușește să îi reziste. El era frumos, minunat, era Rashid al ei, așa cum era încă de când s-au întâlnit.

-Știu, dar nu trebuie să vorbim acum despre asta. Rashid, dacă ăsta e un vis, mi-ar plăcea să nu se mai termine. Tot asta se întâmpla și în visele mele: mă țineai în brațe și mă sărutai și îmi spuneai că nu vom mai fi separați niciodată, i-a spus ea mângâindu-i obrazul.

-Uită-te la mine, Kelly! Ăsta nu e un vis, asta

---

[7]'Atamanna ya jamila = te doresc frumoasa mea

e realitatea: noi suntem aici, acum şi bineînţeles că nu vom mai fi separaţi vreodată, habibati. Vino aici! i-a zis el luând-o din nou în braţe, iar ea l-a îmbrăţişat la rândul ei. Ştia că doar în braţele lui poate fi fericită cu adevărat.

-Rashid, trebuie să mă întorc acasă, sunt plecată de dimineaţă şi nu i-am lăsat mamei decât un bilet prin care o anunţam că ies puţin. Mai trebuie să îmi iau şi bagajele de acolo, a zis Kelly preocupată.

-Bine, te conduc, iar apoi ne întoarcem acasă! a zis Rashid, ţinând-o încă în braţe. Îi plăcea senzaţia pe care o avea atunci când o ţinea în braţe şi nu ar mai fi lăsat-o să plece de lângă el.

-Rashid, nu e o idee bună ca Helena să ne vadă împreună atât de repede. Nici nu am reuşit să îi spun că eu şi Ryan ne-am despărţit. Ştiu că e puţin neplăcut pentru tine, dar te rog, încearcă să înţelegi. Cu timpul, totul se va rezolva, l-a liniştit ea, privindu-l fascinată.

-Ai dreptate, înţeleg. Atunci te aştept aici până vii şi plecăm împreună spre casă cu maşina mea, a zis el privind-o cu drag.

-Bine, ne vedem cam într-o oră, i-a spus Kelly sărutându-l pe obraz.

-Ai grijă de tine, jamil. Te aştept aici, a mai zis el, după care a sărutat-o îndelung, de parcă ar fi vrut să se asigure că era reală şi a lui, doar a lui.

Kelly a plecat apoi spre casa Helenei. Nu ştia cum va reacţiona mama ei la aflarea atâtor veşti, dar voia să fie fericită şi avea de gând să lupte pentru fericirea ei.

-În sfârşit, te-ai întors! Te aşteptat de ceva timp, a zis Helena, care era aşezată pe scaun, în bucătărie.

-Am avut ceva de făcut şi a trebuit să plec! i-a spus Kelly simţind că îi bate inima mai repede. Şi-a lăsat geanta pe masă şi s-a aşezat la rândul ei pe scaun.

-Ai ceva să îmi spui, mai ales că Ryan nu mai e aici? a zis Helena privind-o cu atenţie.

-De fapt, aş avea nişte lucruri de spus, i-a spus Kelly oftând. Eu şi Ryan nu mai suntem împreună. M-am gândit mult şi asta e concluzia la care am ajuns, a zis ea foindu-se pe scaun.

plânge, jamil, nu suport să te văd aşa. Gata, suntem aici, suntem împreună şi asta e tot ce contează! i-a spus el cuprinzând-o într-o îmbrăţişare strânsă, iar apoi a sărutat-o flămând. Hai să plecăm de aici, a zis Rashid, mergând apoi alături de ea, ţinând un braţ în jurul taliei ei.

-Ar trebui să mă întorc la hotel... a zis ea, simţind, în sfârşit, că poate să respire mult mai uşor.

-Din clipa asta, tu nu te mai dezlipeşti de mine, jamil! i-a zis el, privind-o cu seriozitate. Voi pune pe cineva să meargă la hotel după lucrurile tale, iar tu vei veni la mine acasă, a decis Rashid zâmbindu-i în sfârşit.

-Aş da orice să te văd mereu zâmbind! i-a zis Kelly emoţionată şi zâmbindu-i la rândul ei.

-Nu trebuie decât să fii lângă mine pentru asta, jamil! i-a mai spus el făcându-i cu ochiul, înainte să îi deschidă portiera maşinii. El a ajutat-o apoi să îşi pună centura şi a profitat de ocazie pentru a o săruta din nou.

În câteva minute cei doi au ajuns la Rashid acasă.

-Intră! i-a zis el deschizându-i ușa și zâmbindu-i. O privea și nu îi venea să creadă că ea era într-adevăr acolo, cu el.

Kelly a intrat și admira interiorul locuinței. Totul inspira confort, dar și un sentiment plăcut, iar asta o făcea să zâmbească.

-Ia loc! Te rog să te simți ca acasă, a zis el urmând-o. Vrei ceva de băut?

-Un suc ar fi binevenit, mulțumesc! i-a spus Kelly privindu-l. Nu s-ar fi săturat să îl privească, atât îi era de drag.

-Poftim!

-Mulțumesc!

-Cu plăcere! Vrei să mănânci ceva? Ai slăbit Kelly, iar asta nu e bine, a observat el grijuliu, iar asta a înduioșat-o.

-Poate doar puțin, a zis ea zâmbind ușor. Sunt bine, să știi!

-Hmm... nu ești, dar vei fi, jamil! a asigurat-o Rashid, mergând să aducă ceva de mâncare. Sper să îți placă, fiindcă am preparat-o chiar eu. Cea

care se ocupă de asta a primit liber azi, a zis el zâmbind uşor.

-E în regulă, nu sunt pretenţioasă. Importantă e compania, a adăugat ea mângâindu-i obrazul.

-E cazul să mâncăm acum, jamil. Nu vrei să începem cu desertul, nu-i aşa? a întrebat el cu o voce joasă, iar ea ştia la ce desert se referă.

-Nu... a zis ea, simţindu-şi obrajii colorându-se. Poftă bună, Rashid, i-a mai spus ea admirându-l fără să se poată abţine.

-La ce te gândeşti? a întrebat-o savurând mâncarea, dar mai mult faptul că erau împreună.

-La faptul că eşti un bărbat foarte frumos şi ai un caracter pe măsură!

-Asta e valabil şi pentru tine. Eşti o femeie frumoasă şi mă bucur că te afli aici, cu mine! Doar cu mine, i-a zis el privind-o cu intensitatea aceea care o intimida puţin, dar o şi bucura.

-Şi eu mă bucur că mă aflu aici. Rashid...

-Da?

-Ţi-a fost puţin dor de mine zilele astea?

-Mult, nu puţin, Kelly! i-a spus el strângându-i uşor mâna şi sărutând-o. Dar ţie?

-Şi mie mi-a fost foarte dor de tine, Rashid... i-a zis ea privindu-l serioasă, iar el i-a atins lănţişorul, pentru ca apoi să continue să mănânce.

-Cadoul tău m-a ajutat mult în această perioadă. Dormeam cu medalionul deschis lângă mine, gândindu-mă că astfel sunt mai aproape de tine! i-a zis ea închizând ochii, pentru a-şi ascunde suferinţa.

-De azi înainte nu vei mai trece prin asta, jamil. Nu am de gând să te mai las singură niciodată. A pus apoi farfuria deoparte, după care a luat-o în braţe.

Kelly încerca să se abţină, nu voia să plângă, dar nu a mai reuşit. A început să plângă, simţind că se eliberează de toate temerile şi de toată nefericirea pe care o adunase în ea în tot acel timp.

-Plângi, jamil, dacă asta te face să te simţi mai bine! i-a zis mângâindu-i părul şi aducând-o tot mai aproape de el.

-Îmi pare rău, eu nu fac asta de obicei, dar în ultima vreme am făcut asta tot mai des, a spus Kelly ştergându-şi lacrimile.

-E în regulă, stai liniştită, i-a zis el sărutând-o pe obraz.

-Rashid... îmi spui unde e baia, te rog?

-Vino pe aici, te conduc!

Kelly a făcut un duş, iar apoi el a condus-o în camera lui.

-Vin imediat! i-a spus el sărutându-i mâna.

Kelly s-a uitat în jurul ei. Era o cameră care inspira atâta căldură... s-a aşezat apoi în pat, aşteptând ca el să vină lângă ea. În câteva minute el a venit în pat şi a luat-o în braţe.

-Noapte bună, jamil! Mă bucur că eşti aici!

-Noapte bună, Rashid! Şi eu mă bucur că sunt aici, cu tine. Să nu mă mai laşi singură niciodată, habibi, i-a spus ea cu un surâs, înfiorându-se de plăcere fiindcă îl simţea la bustul gol.

-Aşa voi face, habibati! Îmi place să îmi spui habibi, mă pot obişnui cu asta, i-a zis el strângând-o în braţe pentru a se asigura că ceea ce simte e real, că ea chiar e acolo, lângă el.

Rashid a sărutat-o cu o intensitate care reprezenta parcă promisiunea iubirii lui, iar ea nu putea decât să îi dăruiască aceeaşi promisiune, după care au adormit unul în braţele celuilalt.

În ziua următoare, Rashid a trezit-o pe Kelly cu un sărut, iar ea s-a întins în pat, cuprinzându-l apoi în braţe. Îi simţea abdomenul tare şi gol lipit de al ei, iar asta îi dădea un amestec de senzaţii plăcute.

-Kelly... e atât de bine să mă trezesc lângă tine, jamil! a zis Rashid zâmbindu-i şi mângâind-o, iar ea putea citi dorinţa, dar şi iubirea în ochii lui.

-Şi eu simt la fel! a zis ea zâmbitoare.

-Dacă azi e ultima ta zi aici, vreau să ieşim, să ne plimbăm, să cunoşti o mică parte măcar din ţara mea, a zis Rashid privind-o rugător.

-Cu drag, numai să mă schimb, a spus Kelly, privind timidă spre cămaşa de noapte pe care o purta.

-Bine, când eşti gata mă strigi, voi fi în baie, a zis el zâmbindu-i, făcându-i cu ochiul, iar apoi s-a ridicat din pat şi s-a dus la baie.

Kelly l-a privit, el purta doar boxeri, iar bătăile inimii erau tot mai puternice fiindcă îi plăcea ceea ce vedea: trupul lui era armonios şi era sigură că orice femeie ar fi tânjit după acel trup, iar el o voia numai pe ea, lucru care o făcea extrem de fericită.

Kelly s-a ridicat apoi din pat, având un zâmbet larg pe chip. Era ca şi cum fericirea pe care o simţea nu mai avea loc numai în inima ei. Şi-a luat o rochie simplă, de vară, în mai multe culori. Părul l-a lăsat liber şi, în timp ce privea în oglindă, l-a anunţat pe Rashid că era gata. Rashid a ieşit din baie, a venit lângă ea şi a îmbrăţişat-o. Kelly voia să îşi ia acea eşarfă, dar el a oprit-o.

-Cât eşti cu mine, nu ai nevoie de ea. Nu vreau să te simţi îngrădită în vreun fel, tu eşti liberă să fii aşa cum vrei să fii!

-Mulţumesc, Rashid! Apreciez foarte mult asta, i-a spus ea sinceră, iar apoi s-a întors spre el şi l-a sărutat, simţindu-se împlinită şi fericită. E atât de bine, Rashid... aşa era şi în visele mele... doar că acum e mult mai bine, să te simt aşa lângă mine e mai minunat decât în orice vis de-al meu,

habibi, a adăugat ea zâmbitoare.

-Și pentru mine e minunat, jamil! Nu e nimic mai frumos decât să te văd aici, lângă mine. Să te pot ține în brațe, să te sărut, să te privesc și să fii atât de aproape de mine e tot ce mi-am dorit de atâta timp, habibati...

Kelly simțea cum inimile lor bat una pentru alta, iar sentimentul pe care îl avea nu putea fi descris în cuvinte. În sfârșit era lângă ea, Rashid al ei era lângă ea, iar asta o făcea să își simtă ochii lăcrimând, de fericire de data asta.

-Șșș, jamil! Nu vreau să fii tristă, te rog! a zis el mângâindu-i obrazul. Și tu *laqad han hilmi alhaqiqi,*[8] jamil, nu îmi place să te văd așa, a mai spus Rashid sărutându-i obrazul.

-E de fericire de data asta, habibi! l-a asigurat Kelly mângându-i la rândul ei obrazul. Știu că ți-am mai spus asta, dar ți-o repet: și tu ești visul meu împlinit, Rashid, să nu ai nici măcar o îndoială în privința asta, a mai spus ea lăsându-și capul pe umărul lui.

Au rămas astfel câteva secunde, iar apoi Rashid i-a spus:

---

[8] laqad han hilmi alhaqiqi = ești visul meu devenit realitate

-Haide, jamil, să mergem, timpul trece repede şi vreau să ne plimbăm.

-Ai dreptate, iar eu am avion la ora 20:00, aşa că... i-a zis ea zâmbindu-i, după care s-a desprins cu greu de el, aşteptând să i se dezvăluie o mică parte din frumuseţile Iranului. Kelly a înaintat câţiva paşi când a văzut ceva pe un perete care i-a atras atenţia.

-Rashid, ce e ăsta? l-a întrebat Kelly, observând un tablou cu ea. Îl privea fascinată, pictura era minunată.

Era chiar ea, îmbrăcată într-o rochie simplă, cu părul liber. Ceea ce a emoţionat-o cel mai mult era faptul că în tablou, ea ţinea mâna întinsă spre bărbatul iubit, spre Rashid, care era şi el pictat acolo.

Era o reîntâlnire între doi îndrăgostiţi care se ţineau de mâini şi se priveau cu dragoste. Kelly s-a simţit din nou foarte emoţionată, iar fericirea era tot mai puternică.

-Suntem noi acolo, habibati. Ne-ai recunoscut? a zis el, cuprinzând-o în braţe din spate şi sărutându-i umărul.

Din glasul lui, Kelly a înţeles că şi el era la fel de emoţionat ca ea.

-Da, e absolut minunat! Dar cine l-a pictat, cine a putut să îmi picteze atât de bine trăsăturile, când nici nu m-a văzut? Singurul care m-a văzut eşti tu... a zis ea şi s-a întors deodată spre el.

-Exact, jamil, eu l-am pictat! Un bărbat ca mine are o astfel de pasiune: pictura, iar trăsăturile tale le-am făcut din amintirile mele cu tine. Acest tablou a fost pictat la scurt timp după ce ai plecat, mă rog, după ce aţi fost salvate de către poporul vostru... Tot acest tablou m-a ajutat să îmi aduc aminte de tine, exact aşa cum erai atunci, cu trăsăturile de atunci, fiindcă oricum erai în inima mea, dar mi-a făcut durerea mai uşoară. Chiar îţi place? i-a zis Rashid cu glasul emoţionat, mângâindu-i braţele.

-Dacă îmi place? E absolut minunat, habibi, iar faptul că tu ai făcut asta pentru tine, pentru noi, e de-a dreptul emoţionant. Nu am cuvinte să îţi descriu ce simt acum, dar şi ce simt în general când sunt lângă tine, când mă atingi, când mă săruţi, când încerci să îmi alini vreo supărare... Eşti minunat, Rashid şi mă bucur că exişti! i-a zis ea întorcându-se spre el şi îmbrăţişându-l cu putere.

-Aceleași lucruri le simt și eu, Kelly! Dacă a fost un lucru bun în răpirea aceea a voastră, e faptul că te-am întâlnit. Tu mi-ai schimbat viața și m-ai făcut să devin un om mai bun și să nu permit să fiu influențat de alte persoane... Ar trebui să mergem acum, Kelly, sau mă tem că voi fi tentat să te fac să ne petrecem ziua aici, a zis el făcând un semn spre pat, iar ea s-a înroșit, încercând să nu lase să se vadă, deși era convinsă că el i-a observat reacția din nou, ca de fiecare dată.

El o sorbea din priviri, iar ea se pierdea în ochii lui frumoși și zâmbea, apoi l-a luat de mână.

-Hai să mergem, nu avem timp de pierdut, i-a zis ea zâmbindu-i, mergând spre ușă, conștientă de sclipirea din ochii ei, dar și de cea din ai lui.

-Nici varianta cealaltă nu mi se părea o pierdere de vreme, a zis el zâmbindu-i cuceritor în timp ce o conducea la mașină și a râs când ea l-a privit cu o încruntare prefăcută, care nu a ținut mai mult de câteva secunde.

-Unde mă duci? l-a întrebat Kelly curioasă, în timp ce își punea centura. Îi plăcea să vadă locuri noi și să călătorească, iar acum cu atât mai mult, în compania lui.

-La plimbare prin Teheran, jamil! i-a zis Rashid zâmbitor, luând-o de mână înainte să pornească maşina.

Kelly a savurat gestul lui, iar apoi, în timp ce maşina înainta, ea privea şi peisajul, dar îl privea şi pe el, neputând rezista farmecului lui. El era ca un magnet pentru Kelly, un magnet pe care ştia că nu l-ar mai desprinde de ea vreodată. Drumul nu a durat foarte mult, iar la un moment dat Rashid a oprit maşina.

-Am ajuns, Kelly! Haide, avem multe de văzut azi, jamil, i-a zis el coborând apoi din maşină şi deschizându-i portiera, deşi ea insistase de atâtea ori că nu e nevoie să facă asta.

-Unde suntem aici? a întrebat ea curioasă, savurând senzaţia pe care o avea atunci când vântul se juca în părul ei, dar şi aceea a atingerii lui, fiindcă el o luase de mână şi o conducea spre acel loc.

-Suntem în Grădina Botanică din Teheran, a zis el privind-o, analizându-i reacţiile. Kelly a înaintat împreună cu el în acel loc minunat, un loc în care verdele era culoarea predominantă, iar florile, arborii şi plantele ornamentale alcătuiau un ansamblu organizat şi plăcut privirii.

Pe măsură ce înaintau, ea admira peisajul acela, iar la un moment dat au ajuns la o cascadă, singura sursă ce oferea o senzaţie de răcoare acolo.

-Cum ţi se pare? Poate că e foarte cald, dar aşa e aici, vara e foarte cald, iar iarna e foarte frig, i-a zis el, oprindu-se şi admirând cascada împreună cu ea. Fiindcă în zona aceea nu erau alţi vizitatori, Rashid a luat-o în braţe şi a privit felul în care apa se revărsa pe stânci.

-E minunat, e foarte frumos! a zis ea simţindu-se vrăjită de tot peisajul care i se întindea în faţa ochilor. Îmi place foarte mult şi, dacă e atât de frumos aici, mă întreb oare cum va fi în celelalte locuri unde vom merge, a adăugat Kelly, în timp ce îi mângâia braţele care îi înconjurau mijlocul.

-Mă bucur că îţi place! Mai avem puţin de mers pe aici, iar apoi vom vizita celelalte obiective, i-a zis el sărutând-o uşor pe gât, fermecat de atmosfera aceea în care se aflau, dar şi de ea. Nu putea fi altfel şi ştia că şi ea simte acelaşi lucru.

-Hai să mergem atunci! i-a zis, ea cu un glas uşor mai jos decât de obicei. S-a întors spre el, l-a sărutat câteva secunde, iar apoi şi-au continuat drumul, zâmbitori.

Rashid profita de orice ocazie pe care o avea pentru a o săruta, mai ales atunci când în preajma lor nu se aflau alți vizitatori, fiindcă știa că ea nu s-ar fi simțit în largul ei să fie priviți în acele momente. Orele au trecut apoi foarte repede datorită programului pe care l-au avut, iar la sfârșitul zilei Kelly simțea că a mai descoperit ceva din tainele acelei țări minunate.

Odată ajunși acasă, în timp ce mâncau, Rashid a întrebat-o:

-Cum ți s-a părut totul? a întrebat el curios.

-Superb și îți mulțumesc fiindcă ai fost ghidul meu, i-a zis ea zâmbind. Mi-au plăcut și muzeele, dar cel mai mult mi-au plăcut parcurile și grădina botanică, acela fiind primul obiectiv în care m-ai dus.

Deși mă simt puțin obosită, sunt foarte fericită! Vizitele de genul ăsta chiar sunt relaxante, dar acum a fost ceva deosebit, fiindcă am făcut toate astea cu tine, a adăugat ea în timp ce îl lua de mână.

-Cu plăcere! Nu pot decât să mă bucur că ți-a plăcut aici. Sper să îți dorești să revii aici, când vei fi în San Francisco, i-a zis el zâmbind, mângâindu-i

degetele, bănuind efectul pe care îl are asupra ei.

-Te vei întoarce şi tu acolo? a întrebat ea, simţind pentru o clipă o teamă inexplicabilă. Nu ştia dacă el mai era dispus să revină în SUA. Poate că odată întors în ţara lui, nu mai voia să plece de acolo. Gândul acesta o întrista.

-Bineînţeles! Nu mai am nimic de făcut aici. Acolo, în SUA, sunt priorităţile mele: afacerile mele, clubul de echitaţie... i-a zis el, privind-o în felul acela intens în care o făcea de fiecare dată.

-Nu ai uitat ceva?

-Nu, nu cred! a zis el, fiind serios câteva secunde. Atât a rezistat, căci în scurt timp un zâmbet i-a luminat chipul. De fapt, se pare că am uitat ceea ce era cel mai important: tu! a recunoscut Rashid în cele din urmă, sărutându-i mâna, iar ea a zâmbit din nou. Chiar credeai că pleci singură înapoi acolo? a mai întrebat el, iar ea a simţit din nou că se poate pierde atât de uşor în privirea lui.

-Dacă trebuie să plecăm, ar fi bine să mergem acum, eu am avion la ora 20:00, aşa că... a zis ea, ridicându-se de la masă.

-Bine, hai să mergem! a zis el, luându-şi o geacă subţire de pe cuier şi deschizând uşa.

-Doar atât iei cu tine? l-a întrebat Kelly mirată.

-Da, voi pune să îmi fie trimise celelalte lucruri, a spus el repede, după care a mers în camera lui, părând că a uitat ceva acolo. Am uitat ăsta, a zis el zâmbind. Trebuia să duc personal acest obiect, i-a mai spus Rashid arătându-i tabloul, iar ea i-a zâmbit.

Au mers apoi cu un taxi până la aeroport, ţinându-se de mână tot drumul. Mai târziu, odată ajunşi în avion, cei doi şi-au ocupat locurile, iar apoi Kelly şi-a lăsat capul pe umărul lui, în timp ce el îşi împletea degetele cu ale ei.

-Mă bucur că merg înapoi acasă însoţită de tine, Rashid, i-a zis ea mângâindu-i obrazul. Mi-a fost teamă la un moment dat că nu mă vei asculta şi că nu vei crede ceea ce ţi-am spus... a zis ea, în timp ce el observa o urmă de tristeţe în privirea ei.

-Recunosc că atunci când mi-ai spus toate lucrurile acelea eram derutat şi nu mai ştiam ce să cred. Nu voiam să cred că ai putea fi capabilă de toate lucrurile alea, de răzbunare, de ură

împotriva mea... dar e bine că totul s-a lămurit, iar acum avem ocazia să facem lucrurile așa cum trebuie, a zis el privind-o cu seriozitate, dar și cu speranță.

-Sper ca de data aceasta să reușim, Rashid. E important pentru amândoi! i-a spus Kelly, privindu-l fascinată.

-Acum că știu tot adevărul, voi face tot ce pot pentru ca să fim fericiți împreună. Știi la fel de bine ca mine că nu se poate altfel... a zis el sărutându-i mâna, iar ea se simțea atât de liberă, iubită și fericită alături de bărbatul visurilor sale.

-Știu, Rashid, ai dreptate. Am suferit destul amândoi, e timpul să fim fericiți! i-a mai zis ea, după care închis ochii, încercând să adoarmă.

Rashid a făcut același lucru, gândindu-se cât de norocos e fiindcă o are din nou lângă el, iar în scurt timp a adormit.

După un zbor lung, cei doi au ajuns la clubul de echitație, acolo unde era și locuința lui Rashid.

-Trebuie să văd pe cineva, a zis Kelly deși era doborâtă de oboseală și mai avea doar câteva ore de somn până să meargă la școală.

-Vin cu tine, a zis Rashid zâmbind, la fel de obosit ca și ea. A cuprins-o de mijloc și a însoțit-o să îl vadă pe Shadow.

Kelly s-a apropiat de el și l-a îmbrățișat.

-Shadow! Mi-a fost dor de tine, frumosule, a zis ea fericită, iar calul i-a răspuns printr-un nechezat și s-a apropiat de ea.

Rashid l-a mângâiat și el. Și lui îi era drag acest armăsar, chiar dacă mai avea și alții.

-Hai să mergem Kelly, mai avem doar câteva ore de somn! a zis el luând-o în brațe și sărutând-o pe gât. Simțea din nou dorința aceea pentru ea, sentiment care îl ardea cu totul.

-Ai dreptate, hai să mergem! a spus ea luându-l de mână și mergând spre camera lui. După ce s-au întins în pat, Rashid a sărutat-o pe Kelly, iar amândoi simțeau același sentiment de fericire fiindcă se aveau unul pe celălalt. Sărutările lui pasionale aveau un efect electrizant asupra ei și îi trezeau dorința, lucru pe care doar el putea să îl nască în ea.

-Sărutările tale sunt ca o terapie pentru mine, Rashid! Am nevoie de tine atât de mult, habibi! a

zis ea, în timp ce el îi ținea o mână pe abdomen.

-Și pentru mine e la fel, jamil! a spus el zâmbindu-i. E atât de bine să te simt lângă mine...

Ei și-au zâmbit apoi și au adormit ținându-se în brațe.

Sunetul alarmei telefonului a trezit-o pe Kelly. Ar mai fi dormit, dar a oprit alarma și apoi s-a ridicat repede din pat, încercând să nu îl trezească pe Rashid care era atât de frumos chiar și când dormea.

Kelly a făcut apoi un duș, după care a ieșit din baie și și-a luat bagajul, dorind să iasă încet pe ușă, pentru a nu-l trezi.

-Ce faci, jamil? Nu mă săruți înainte să pleci? a întrebat el, ridicându-se din pat și venind spre ea, purtând doar niște boxeri.

-Nu voiam să te trezesc, i-a explicat Kelly întorcându-se cu spatele la el, simțind că îi bate inima mai tare atunci când el s-a apropiat și a luat-o în brațe.

-Vreau să mă trezești, jamil! Și mai vreau să nu îți mai fie teamă și jenă de mine, chiar nu ai de

ce! a zis el, sărutând-o. Ești atât de frumoasă și apetisantă, nici nu ai idee de asta, Kelly... i-a mai spus el pe un glas șoptit.

-De unde știi toate astea? a întrebat ea uimită, întorcându-se spre el.

-Fiindcă știu cine ești și îți cunosc sufletul, nu uita asta, jamil! Nu există nimeni care să te cunoască mai bine decât mine, deși, din păcate nu am stat prea mult împreună unul lângă altul. Nu îmi explic nici eu de unde știu atâtea despre tine, însă atunci când te privesc știu ce simți. Ești atât de fragilă, de dulce și totuși vrei să pari atât de puternică, pari atât de dură în ochii unora, însă eu știu că îți dorești să fii iubită. Sub tot acest scut pe care îl afișezi se află o inimă dornică de iubire, o inimă care știu sigur că bate doar pentru mine, iar asta nu poate decât să mă bucure. Avem nevoie unul de celălalt, dar în toate sensurile, jamil, i-a zis el atingând-o cu ambele mâini pe abdomen, în zona cea mai apropiată de sâni. Așa că, te rog, nu îți fie teamă de mine, habibati, eu nu ți-aș face rău niciodată. Eu sunt Rashid al tău, doar al tău, nu uita asta, iar într-o zi vei fi a mea... în toate sensurile... și va fi minunat, îți promit, i-a mai zis, lipind-o tot mai puternic de corpul lui. Simte-mă Kelly, simte cât de mult te doresc și nu mai lăsa teama să te blocheze. Lasă-te iubită, frumoasa

mea. Eu nu am de gând să îţi rănesc inima, ci îmi doresc doar să te iubesc cu tot ceea ce sunt eu, cu trupul şi sufletul meu... Spune-mi că ne vom vedea mai târziu, atunci când ajungi acasă. Îmi va fi dor de tine, jamil! a adăugat el cu glasul puţin răguşit.

-Şi mie îmi va fi dor, Rashid! Să ai grijă de tine, frumosul meu iubitor! Tu întotdeauna mă citeşti ca pe o carte deschisă, nu ştiu cum e posibil, dar cert e că reuşeşti să vezi pur şi simplu prin mine. Cât despre... celelalte lucruri... te rog doar să ai puţină răbdare cu mine şi atunci totul va veni de la sine... a zis ea, ştiind că s-a înroşit. Până atunci va trebui să te mulţumeşti cu asta... a zis ea apropiind-se de buzele lui şi surprinzându-l cu un sărut intens, care i-a răscolit pe amândoi.

-Hmm... nu te-aş mai lăsa să pleci, jamil! i-a zis el, privind-o profund în timp ce îi dădea la rândul lui un sărut lung şi explorator, care i-a încins simţurile.

-Hmm... trebuie să plec, nu vreau să întârzii. Ne vedem mai târziu, frumosul meu! i-a zis ea, după care s-a grăbit să iasă de acolo, căci altfel simţea că nu ar mai fi reuşit să plece.

Kelly se simţea atât de uşoară, de parcă plutea, iar după ce a plecat a avut o stare de bine pe

parcursul întregii zile. Abia aştepta să îl revadă, chiar dacă trecuseră doar câteva minute de când plecase de la club. Rashid era cel care o făcea fericită şi era persoana cea mai importantă pentru ea.

A mers acasă împreună cu Jane, iar pe drum i-a povestit cum au decurs lucrurile în Teheran şi plimbarea din ziua aceea. În scurt timp au ajuns acasă, iar Carrie a fost bucuroasă de revedere.

-Ce bine că s-a rezolvat totul între voi! i-a zis Jane zâmbind.

-Da, totul e aşa cum trebuie să fie, a spus Kelly la fel de zâmbitoare. Ştii, Rashid mi-a spus că tu i-ai povestit totul... a zis ea devenind serioasă.

-Aşa e şi sper să nu fii supărată pe mine, dar nu mai suportam să te văd aşa! Pur şi simplu nu mai aveai niciun strop de bucurie de a trăi în tine, iar asta se observa, crede-mă! i-a zis Jane privind-o rugător.

-Ştiu, exact aşa a fost... stai liniştită, nu sunt supărată pe tine, pentru că şi eu aş fi făcut acelaşi lucru dacă eram în locul tău! a zis ea, îmbrăţişând-o.

-Mulţumesc, draga mea! Îţi doresc numai bine şi fericire, Kelly! i-a zis Jane cu sinceritate.

-Şi eu îţi doresc aceleaşi lucruri, draga mea!

-Draga mea, trebuie să plec acum, Antonio mă aşteaptă! Mergem în oraş! a zis Jane fericită.

-Bine, distracţie plăcută, draga mea! Ai grijă de tine!

-Şi tu, şi fii fericită, meriţi! Să fii iubită cu adevărat este cel mai frumos lucru ce ţi se poate întâmpla, a spus Jane, în ochii căreia strălucea, de asemenea, acelaşi sentiment.

Jane a plecat apoi, lăsând-o pe Kelly să se pregătească pentru întâlnirea pe care o avea. Urma să meargă la Rashid, el insistase să meargă acolo.

Kelly s-a privit în oglindă din nou, admirând rezultatul. Şi-a împletit părul într-o coadă lungă, lănţişorul era la locul lui, purta o rochie roşie, vaporoasă care completa ţinuta, iar în picioare avea nişte sandale joase, ei neplăcându-i tocurile. Ea a plecat apoi spre maşină, iar la un moment dat a ridicat privirea spre cer. Acesta

era plin de stele, iar luna plină îşi revărsa lumina puternică. Kelly a ajuns apoi la maşină, iar după câteva minute a ajuns la destinaţie.

A mers spre locuinţa lui cu inima bătându-i puternic. Era pe cale să petreacă o seară minunată alături de cel pe care îl avea în inima ei de atâţia ani. A sunat apoi la soneria de la intrare. Uşa s-a deschis, iar Rashid a invitat-o să intre. Era mai elegant şi mai zâmbitor ca niciodată sau cel puţin aşa i se părea ei.

-Bine ai venit, jamil, intră! a întâmpinat-o Rashid, luând-o de mână.

-Mulţumesc, habibi! a zis ea, zâmbindu-i. Eşti foarte elegant, deşi cinăm acasă, a mai adăugat ea în timp ce mergea spre sufragerie.

-Azi e o ocazie specială şi trebuia să fiu aşa, i-a spus el cu un aer misterios şi cuceritor, mergând în urma ei. Ia loc, te rog! a adăugat Rashid, invitând-o să se aşeze.

-Mulţumesc, a spus ea privind încântată felul în care era aranjată masa. Pe lângă farfuriile cu mâncare erau şi lumânări, dar şi flori, care dădeau o notă de romantism acelui aranjament. De asemenea, se mai auzea şi muzica răsunând nu

foarte puternic, iar atmosfera era foarte plăcută. Se pare că eşti plin de surprize în seara asta, Rashid! a zis Kelly zâmbitoare.

-Aşa e, dar încă nu mi-ai spus dacă îţi place ce am pregătit! a spus el luând-o de mână şi pierzându-se în ochii ei căprui şi frumoşi.

-Îmi place foarte mult, dar cel mai mult îmi place compania ta! a zis ea fiind sub acelaşi efect hipnotizant pe care îl avea asupra ei.

-Şi mie îmi place compania ta, Kelly. Poftă bună! i-a mai spus el, după care a început să mănânce.

-Poftă bună şi ţie, Rashid! i-a răspuns ea, încercând să mănânce puţin, deşi nu îi era foarte foame. Mai degrabă se simţea prea emoţionată pentru a avea poftă de mâncare.

După câteva minute în care cei doi au mâncat şi au rememorat amintiri, Rashid i-a spus cu o voce puţin mai joasă decât de obicei:

-Kelly, ai vrea să dansezi cu mine?

-Da! i-a zis ea, oferindu-i un zâmbet la care el i-a răspuns la fel.

În timp ce dansau, ea şi-a lăsat capul pe umărul lui, bucurându-se de senzaţia pe care o simţea.

-E mereu o plăcere să dansez cu tine, Rashid! i-a zis ea, punându-şi mâinile în jurul gâtului lui.

-Şi pentru mine, i-a spus Rashid în timp ce o apropia tot mai mult de el. Cum te simţi acum?

-Minunat! Totul e exact aşa cum trebuie să fie dacă eşti tu lângă mine, frumosul meu! a spus ea cu sinceritate. Dar tu? Nu te-ai răzgândit în ceea ce ne priveşte?

-Nu şi din câte se pare nici nu o voi face, jamil! Sunt prea prins în farmecul tău pentru a face aşa ceva, iar tu ştii asta, i-a zis Rashid mângâindu-i obrazul cu blândeţe. Ţi-am spus cât eşti de frumoasă? a întrebat-o el sărutând-o pe obraz.

-Da, îmi spui des asta şi nu pot să nu mă bucur, dar şi tu eşti foarte frumos şi iubitor şi îmi place asta foarte mult, i-a spus ea luând iniţiativa şi sărutându-l. A fost un sărut pasional, dar şi plin de sentimente, prin care îşi transmiteau unul altuia tot ceea ce simţeau.

Melodia s-a terminat, dar ei se sărutau în

continuare, acaparați unul de ființa celuilalt.

-E atât de bine să mă săruți, Kelly, dar acum am ceva de spus și nu vreau să mă las distras de sărutul tău dulce, oricât de tentat aș fi să fac asta, a spus el devenind din nou misterios.

-Ce este? a zis ea curioasă din cauza cuvintelor lui, observând că el devine deodată serios.

-Mă gândeam zilele trecute oare ce îmi place cel mai mult la tine și ce m-a atras în ceea ce ni se întâmplă chiar și în ziua de astăzi. Am ajuns la o singură concluzie: simplitatea ta, inocența ta, frumusețea ta, felul în care mă privești și mă iubești... toate astea formează întregul, adică pe tine și ești persoana lângă care îmi doresc să trăiesc pentru tot restul vieții mele, a zis Rashid, așezându-se în genunchi, sub privirea ei uimită. Ce spui habibati, *sawf takun zawjati*[9]? a întrebat el cu un glas emoționat, scoțând o cutiuță de catifea roșie pe care a deschis-o, lăsând să se vadă un inel superb de logodnă, din aur, așa cum știa că îi place ei.

Kelly vedea, asculta și parcă nu îi venea să creadă: frumosul ei Rashid o cerea de soție. De asta a pregătit toate acele elemente speciale, care și-au atins scopul.

[9] *sawf takun zawjati? = vrei să fii soția mea?*

-Da, habibi, vreau să fiu soția ta! i-a răspuns Kelly, simțind că inima îi va exploda de fericire și de emoție.

`Ana `ahabbuk Rashid! i-a mai spus ea, înainte ca el să îi pună inelul pe deget, să se ridice și să o sărute, ridicând-o în brațe și învârtind-o câteva secunde în brațele lui.

-Știi că m-ai făcut foarte fericit, nu-i așa? a întrebat el cu ochii sclipind de emoție.

-Știu, fiindcă și eu simt același lucru, i-a spus Kelly îmbrățișându-l.

-Îți place inelul? Dacă nu îți place, pot să îți iau altul! i-a zis el puțin gânditor.

-Îmi place foarte mult, e minunat, nu te mai gândi la asta, i-a zis ea cuprinzându-i mijlocul și punându-și capul pe pieptul lui. Știi... mereu mi-am dorit să ne reîntâlnim, dar imaginația nu mă ducea atât de departe, nu mă gândeam că îți vei dori să fiu soția ta atât de repede, i-a mai spus Kelly, surprinsă într-un mod atât de plăcut.

-Asta e firesc să se întâmple și e ceea ce îmi doresc! Când te privesc știu că ești singura femeie pe care mi-o doresc. Să te iubesc e tot ce

mi-am dorit şi îmi propun să o fac în continuare, iar atunci când mă săruţi nu mai pot să gândesc raţional, mă faci să îmi doresc tot mai mult, i-a mărturisit Rashid, privind-o fascinat.

-Şi tu eşti bărbatul pe care mi-l doresc şi mă bucur că toate astea nu se întâmplă numai în imaginaţia mea! a zis ea zâmbind.

-Toate astea sunt reale, jamil! i-a spus el sărutându-i mâna, după care i-a sărutat buzele, în timp ce o îmbrăţişa. La un moment dat a desprins-o de el, numai cât să îi spună, însă, cu un glas şoptit: Lasă-mă să te iubesc, Kelly! Lasă-mă să fiu cu tine, iubito, i-a zis el mângâindu-i obrazul cu o mână şi spatele cu cealaltă mână.

Kelly l-a privit şi a ştiut că el caută ceva important în privirea ei, ceva care să îl lămurească în privinţa întrebării lui nerostite, dar şi în privinţa rugăminţii pe care tocmai şi-o exprima. Rashid căuta acordul ei, iar în loc de cuvinte, Kelly l-a sărutat, fiind conştientă că acela era momentul mult aşteptat de către amândoi.

Rashid a sărutat-o, punând în acel sărut, pe lângă pasiune, toată dragostea pentru ea, iar Kelly i-a răspuns aşa cum ştia, din toată inima. În timp ce o săruta, Rashid a început să îşi descheie

cămaşa, dar Kelly şi-a pus mâinile pe mâinile lui pentru a-l opri şi pentru a continua ea însăşi ceea ce începuse el.

Cu degetele care îi tremurau puţin, i-a desfăcut cămaşa, iar apoi l-a ajutat să o dea jos, timp în care s-au privit intens. Rashid a adus-o apoi aproape de el, lipind-o de corpul lui, de abdomenul lui gol, tare şi puternic şi a sărutat-o.

Kelly a simţit apoi cum o sărută pe gât, iar apoi a continuat să o sărute pe umăr, dându-i breteaua rochiei la o parte. El a făcut acelaşi lucru şi la celălalt umăr, dar înainte ca rochia să alunece de pe ea, a ridicat-o în braţe şi a dus-o spre dormitorul lui, după care a întins-o pe pat.

Rashid şi-a eliberat apoi corpul de pantaloni şi, rămânând în boxeri, s-a aşezat lângă ea şi a început să o sărute din nou şi din nou, tot mai dornic de Kelly şi transmiţându-i şi ei acelaşi lucru.

La un moment dat, Rashid a sărutat-o în zona sânilor, în timp ce îi ridica rochia, pe care a îndepărtat-o în scurt timp. Apoi, cu o mişcare precisă, el i-a desfăcut sutienul, în timp ce ea era lipită de corpul lui.

Când i l-a dat la o parte, ea şi-a acoperit sânii cu mâinile, dar el i-a luat fiecare mână în parte şi i-a sărutat-o, lipind-o din nou de el.

-Eşti atât de frumoasă, Kelly... e în ordine, nu îţi fie teamă de mine, va fi bine... eşti minunată, jamil! a zis Rashid, oprindu-i un eventual protest cu un sărut care a făcut ca sângele să îi curgă mai repede prin vene, iar o căldură mistuitoare să îi cuprindă tot trupul.

Mângâierile şi sărutările lui o purtau spre o altă lume, parcă, spre un tărâm unde erau numai ei doi, iubindu-se şi bucurându-se unul de altul. Kelly era în culmea fericirii, savurând acele momente şi tot ceea ce îi făcea el. Când Rashid i-a cuprins sânii în palme şi i-a gustat, ea a închis ochii.

-Deschide ochii, jamil, vreau să simţi şi să vezi absolut tot ce îţi voi face şi vreau să îţi placă, a zis el ridicându-se spre buzele ei şi sărutând-o lacom.

Kelly a deschis ochii, conştientă de roşeaţa din obrajii ei, dar nu mai voia să dea înapoi. Îl voia pe Rashid, îl voia cu toată fiinţa ei, iar atunci când el i-a scos ultima piesă de lenjerie, a închis ochii doar pentru câteva secunde. Rashid i-a sărutat ochii, unul câte unul, iar apoi a continuat să o

sărute, coborând pe trupul ei ademenitor și dulce.

Kelly a scos un sunet de plăcere atunci când el a ajuns cu buzele pe coapsele ei, prelungindu-i agonia. El a gustat-o apoi, simțindu-i centrul ființei ei și umplând-o de plăcere. Valuri de plăcere îi inundau trupul, atât de sensibil la tot ceea ce îi dăruia el, dar în special, sensibil la el, la Rashid al ei. Rashid și-a lăsat la o parte boxerii pe care îi avea și a venit deasupra ei.

-Atinge-mă, jamil, vreau să te simt... aș vrea să fac asta cât mai ușor pentru tine, dar voi încerca să fiu cât mai blând, crede-mă, habibati, a zis el privind-o, cuprins de remușcări.

-Știu, habibi, știu! a spus ea rușinată, atingându-i abdomenul și ținând mâinile acolo, neîndrăznind mai mult. Tu... noi... așa... asta este ceea ce îmi doresc! a zis ea privindu-l cu dragoste.

Rashid a sărutat-o apoi, oprindu-i astfel suspinul ușor, în timp ce o făcea a lui, doar a lui, învăluind-o cu dragostea sa.

Dacă la început a fost puțin neplăcut, pe măsură ce Rashid o făcea să se obișnuiască, totul devenea magic, minunat. Sărutările și atingerile pe care și le ofereau, felul în care se simțeau unul

pe celălalt, modul în care îşi rosteau numele unul altuia în momentul acela unic şi superb în care au cunoscut împlinirea, i-au făcut pe amândoi să simtă încă o dată cât de mult îşi aparţineau unul altuia.

-`Ana, `ahabbuk Kelly! Eşti bine, jamil? a întrebat Rashid privind-o, luând-o în braţe şi mângâind-o.

-Da, sunt bine! `Ana `ahabbuk Rashid, nu uita asta! a spus ea mângâindu-i chipul blând, dulce şi iubitor. Eşti atât de iubitor şi minunat, Rashid. Mă bucur că în sfârşit trăiesc şi asta cu tine, habibi! a adăugat Kelly zâmbindu-i.

-Şi eu mă bucur! E atât de bine să te am, să fac dragoste cu tine, să te simt a mea, jamil! Şi tu eşti dulce şi iubitoare, i-a zis el împletindu-şi degetele cu ale ei.

-Doar datorită ţie, iubitul meu Rashid! i-a zis ea, îmbrăţişându-l.

După alte sărutări îndelungi, cei doi au adormit îmbrăţişaţi, aşa cum ştiau că o vor face şi de atunci înainte.

Capitolul 10

În ziua următoare, după ce amândoi au terminat programul stabilit, s-au întâlnit. Era momentul să facă o vizită importantă pentru amândoi.

Abia desprinzându-se din sărutul pe care şi-l oferiseră unul altuia, cei doi s-au îndreptat spre maşină pentru a face o călătorie către casa Helenei.

După un drum destul de lung şi obositor, Kelly şi Rashid au ajuns la locuinţa Helenei. Acolo se aflau Helena, Ariana şi Casey. După ce s-au salutat cu toţii, Kelly i-a anunţat despre fericitul eveniment care urma să aibă loc cât de curând.

-Trebuie să vă anunţăm că, pe lângă faptul că ne aflăm aici într-o vizită foarte plăcută, fiindcă nu am mai reuşit să vin aici de ceva timp... urmează să ne căsătorim şi asta cât mai repede! a zis ea emoţionată, privindu-i pe toţi cu drag. Când şi-a intersectat cu privirea cu a lui Rashid, a văzut în aceasta susţinere şi dragoste, exact ceea ce îşi dorea.

Cei trei au rămas uimiţi, dar Ariana şi Casey

au fost primii care i-au felicitat, în timp ce Helena rămăsese încă aşezată pe scaun.

-Doamnă, eu... a încercat Rashid să intervină, văzând reacţia ei.

-Nu trebuie să spui nimic! a zis Helena aproape indiferentă. Dacă fiica mea e fericită cu alegerea ei, ce mai pot să spun?

-Chiar vreau să spun ceva: eu îmi doresc să o fac fericită pe Kelly şi asta încerc în fiecare zi! a zis el, privind-o cu seriozitate.

Helena a fost privită apoi de către toţi ceilalţi aflaţi acolo.

-Mamă, trebuie să îi feliciţi, nu să ai reacţia asta... a zis Ariana, pierzându-şi răbdarea.

-Bine, doar că nu vreau ca tu să suferi din cauza lui! a zis Helena, nefiind prea convinsă de ceea ce vedea.

-Nu va fi aşa, mamă! Dacă fac acest lucru, înseamnă că sunt sigură de nişte lucruri şi dacă e să fie şi lucruri mai puţin plăcute, eu va trebui să trec prin ele, a zis Kelly sigură pe ea.

-Dacă tu spui... vreau doar să îţi fie bine, Kelly! i-a zis Helena îmbrăţişând-o, dar cu el nu a făcut acelaşi lucru, doar i-a zâmbit puţin.

-Ai răbdare cu ea, îi va trece! a zis Ariana luându-l de mână pe Rashid, iar el a privit zâmbind.

Atmosfera s-a mai detensionat apoi, în timp ce mâncau. După masă, când Kelly a ieşit afară, Ariana a urmat-o.

-Eşti fericită de data asta, Kelly? Eşti sigură de ceea ce faci? a întrebat-o ea, luând-o de mână.

-Da, de data aceasta pot spune că fac exact ceea ce simt şi mă simt foarte bine. Sunt atât de fericită, Ariana! În sfârşit sunt cu persoana potrivită. Rashid e minunat, iubitor şi e tot ce îmi doresc, a lămurit-o Kelly zâmbind.

-Şi... ai fost tocmai până în Iran după el... a zis ea râzând.

-Şi el a venit până aici pentru mine! i-a răspuns ea, râzând la rândul ei din toată inima.

-Ei bine, surioară, nu ştiu eu toate detaliile, dar într-o zi îmi vei spune totul... îţi doresc să

fii fericită, meriți! i-a zis Ariana în timp ce o îmbrățișa.

-Mulțumesc, la fel, surioară! i-a spus ea strângând-o în brațe.

-Hai să ne întoarcem, nu vrem ca mama să îl chinuie cu privirea pe viitorul tău mire! a spus Ariana râzând.

-Sunt sigură că poate face față! a zis Kelly râzând la rândul ei, după care au intrat în casă.

-Ce a durat atât de mult? a întrebat Casey, înlănțuind-o cu brațele pe Ariana și sărutând-o apoi de parcă nu ar fi văzut-o de mult timp.

-La cât de rar ne vedem, trebuie să mai și povestim puțin singure! i-a zis ea întorcându-i sărutul.

-Credeam că s-a terminat luna de miere! a zis Kelly râzând.

-E singura care s-a încheiat, căci pupicii nu s-au terminat! a zis Ariana făcându-i cu ochiul.

-E timpul să plecăm! a zis Rashid privindu-și ceasul.

-Nu rămâneți peste noapte? a întrebat Ariana.

-Nu, nu e weekend, iar eu trebuie să fiu lângă copii mâine, așa că... dar vom reveni cât de curând și atunci vom rămâne mai mult, i-a zis Kelly.

După alte câteva minute, cei doi au plecat spre casa în care locuia Kelly. Odată ajunși acolo, Kelly a hrănit-o pe Carrie, care i-a întâmpinat fericită pe amândoi. Imediat după aceea, Kelly a fost luată în brațe de Rashid, care a sărutat-o cu pasiune timp de câteva minute. Rashid a luat-o apoi de mână și au mers să facă duș împreună, o experiență care i-a bucurat pe amândoi.

-Ești atât de frumoasă, Kelly! i-a zis el ținând-o în brațe, în cadă, savurând senzația trupului ei lipit de al lui și sărutând-o pe gât, în timp ce mâinile lui îi explorau fiecare părticică din corp. Te iubesc, iubita mea! a adăugat el cuprinzându-i sânii și mângâindu-i, făcând-o să se înfioare de plăcere.

-Și eu te iubesc, iubitul meu frumos! Te iubesc mai mult decât pot să îți spun în cuvinte! i-a zis ea, închizând ochii și lăsându-se în voia lui. Mă faci atât de fericită, Rashid, sper ca visul ăsta să nu se mai termine vreodată! a mai spus ea zâmbind.

-Şi eu te iubesc, Kelly! Şi aşa va fi, jamil! Acesta este visul nostru şi nu vom permite să se sfârşească vreodată. E atât de bine să te simt aşa, lângă mine... nu mă voi sătura de noi, de toate astea, vreau să fii sigură de asta! Am luptat prea mult amândoi unul pentru altul pentru ca asta să se întâmple! Am luptat şi a meritat, Kelly, fiindcă şi tu mă faci fericit! Mi-am dorit atât de mult toate astea, habibati... eşti bucuria mea, să nu uiţi asta! i-a spus el, sărutându-i buzele.

-Şi tu eşti bucuria mea, Rashid, să fii convins de asta, i-a zis ea sărutându-l şi dăruindu-i dragostea ei.

Când s-au întors în dormitor, Rashid a luat-o în braţe, a sărutat-o, iar apoi a întins-o pe pat, făcând dragoste cu ea, încet, bucurându-se împreună unul de celălalt, găsind, explorând, mângâind, sărutând şi atingând norii cu dragostea lor.

EPILOG

După o lună...

Kelly era în faţa oglinzii, privindu-se. Era ziua nunţii ei, iar ei nu îi venea să creadă. Aşteptase atât de mult acest moment, iar fericirea pe care o simţea era pur şi simplu copleşitoare. Inima îi bătea astăzi mai puternic ca oricând, dar de fericire absolută.

Rochia de prinţesă îi stătea superb, iar părul îl lăsase liber, făcându-şi nişte bucle uşoare. Machiajul era de asemenea simplu, aşa cum îi plăcea ei.

-Arăţi minunat, Kelly! i-a zis Ariana îmbrăţişând-o.

-Mulţumesc, dar şi voi sunteţi foarte frumoase! a spus Kelly referindu-se la mama ei, la Ariana şi la Jane, care avea o rochie roz, ea fiind domnişoara de onoare.

-Să fii fericită, Kelly! În sfârşit, îţi împlineşti visul de a fi alături de bărbatul visurilor tale, draga mea, i-a zis Jane îmbrăţişând-o.

-Mulţumesc, draga mea, pentru urările tale şi pentru că eşti mereu alături de mine! Înseamnă enorm pentru mine, să ştii, i-a zis Kelly simţindu-şi ochii umezi.

-Kelly, dacă tu eşti fericită, atunci totul e bine! Îţi doresc multă fericire! i-a zis Helena, îmbrăţişând-o.

-Mulţumesc, mamă! i-a zis Kelly zâmbindu-i.

-Hai să mergem, Antonio te aşteaptă, iar de Rashid nu mai spun! Sunt sigură că este foarte emoţionat, a spus Jane zâmbind.

Cele trei femei au plecat apoi spre locul unde urmau să fie cununaţi cei doi îndrăgostiţi. Soarele era atât de strălucitor când Kelly a mers spre Rashid, iar florile erau din abundenţă în locul acela, atât pe jos, unde erau presărate petale, cât şi ca aranjament, iar aroma lor era puternică, la fel ca aroma iubirii lor.

Kelly era la braţul lui Antonio, devenit între timp logodnicul lui Jane. Ea vedea invitaţii şi tot decorul acela simplu, dar special, însă inima ei fremăta la vederea lui Rashid, care era splendid în costumul lui de mire.

Kelly simțea că îi vine să plângă de fericire și se abținea cu greu, susținută de privirea lui plină de dragoste. Era ca și cum o legătură invizibilă îi unea, făcându-i să își vorbească fie doar și din priviri. Zâmbetul pe care îl avea el la vederea ei o umplea de fericire, iar ea nu putea decât să îi răspundă tot printr-un zâmbet. Kelly simțea că acele zâmbete speciale dintre ei vor rămâne astfel pentru totdeauna, la fel ca dragostea dintre ei.

Când, în sfârșit, Kelly a ajuns lângă el, Rashid i-a sărutat mâna și a dus-o în dreptul inimii lui, înainte să se întoarcă spre preot. Kelly a simțit că tot corpul îi este cuprins de furnicături, mai ales că el o ținea în continuare de mână. Cu toții au ascultat apoi vorbele preotului, dar cuvintele acestuia pătrundeau mai ales în inimile celor doi îndrăgostiți.

Când slujba s-a sfârșit, au mers cu toții și au sărbătorit fericitul eveniment.

-Ești extraordinar de frumoasă, Kelly! i-a spus Rashid în timp ce dansau dansul mirilor. Ești minunată, mireasa mea! a adăugat el, mângâindu-i obrazul.

-Şi tu eşti minunat, mirele meu! i-a răspuns ea punându-şi braţele pe umărul lui, privindu-l cu ochi strălucitori.

-Kelly, nu vreau să lăcrimezi, iubita mea! i-a zis el, apoi a sărutat-o uşor pe buzele care îl ademeneau cu dulceaţa lor.

-Stai liniştit, fericirea pe care o simt mă face să fiu atât de emoţionată, iubitul meu! i-a zis Kelly, sărutându-l la rândul ei. Astăzi, îmi văd visul devenit realitate, iar acesta nu e puţin lucru. Simt că inima îmi va exploda de fericire. Niciodată nu m-am mai simţit aşa, Rashid, iar asta e doar datorită ţie, dragul meu!

-Acelaşi lucru îl trăiesc şi eu şi nu pot decât să fiu de acord cu tine, iubita mea frumoasă! Te iubesc şi te doresc din toată inima, Kelly! i-a zis el sărutându-i mâna.

-Şi eu te iubesc, Rashid! i-a spus ea, sărutându-l din nou. Nu se putea abţine, îi era atât de drag, încât îi venea să îl sărute încontinuu.

Mai târziu, când petrecerea s-a terminat, iar cei doi erau singuri în camera lui Rashid, Kelly i-a spus în timp ce dansau:

-Te iubesc, Rashid! Tu eşti trecutul, prezentul şi viitorul meu, eşti cel mai frumos lucru care mi s-a întâmplat în viaţa mea!

-Şi eu te iubesc, Kelly! Şi tu reprezinţi acelaşi lucru pentru mine şi voi face tot ce pot pentru a fi fericiţi, îţi promit! i-a spus el, după care a sărutat-o în timp ce o lua în braţe, oferindu-i toată dragostea lui, adică exact ceea ce îşi dorea ea.

-Ştiu că aşa va fi, am încredere în tine, Rashid, iar eu voi face acelaşi lucru. Trebuie să încercăm să recuperăm timpul în care am fost departe unul de celălalt, i-a spus ea, în timp ce şi-a pus capul pe pieptul lui.

Rashid a luat-o de mână şi a privit verighetele care simbolizau dragostea lor. La rândul lui, se simţea foarte fericit fiindcă era alături de soţia lui, de femeia pe care şi-a dorit-o cu adevărat.

-Aş vrea să opresc timpul pentru a rămâne mereu aşa, iubindu-ne... eşti singura femeie care îmi citeşte sufletul, jamil! i-a spus el, privind-o fascinat în timp ce Kelly era în braţele lui.

-Sunt de acord cu tine, Rashid, mai ales că doar tu îmi cunoşti gândurile şi trăirile! i-a răspuns ea, în timp ce el îi acoperea corpul cu sărutările lui de

foc. Te voi iubi mereu, să nu uiţi asta, nu am să te las să uiţi, iubitul meu! a adăugat Kelly, bucurându-se de ceea ce îi oferea Rashid, de dragostea lui, aşa cum ştia că o va face şi de atunci înainte, formând un întreg, pentru totdeauna.

-SFÂRŞIT-

Mulțumiri

În primul rând, vreau să-i mulțumesc domnului Bogdan Pîrjol, dar și întregii sale echipe, pentru sprijinul acordat în vederea publicării acestei cărți. Cu toții ați contribuit astfel la împlinirea unei dorințe care a apărut în mintea mea în urmă cu paisprezece ani și vă sunt profund recunoscătoare.

În al doilea rând, aș dori să îi mulțumesc lui Birisiu Adrian pentru susținerea pe care mi-a acordat-o, dar și pentru încrederea pe care mi-a oferit-o.

În al treilea rând, îi adresez mulțumiri soțului meu, Silviu, pentru faptul că mă inspiră și mă ajută să fiu eu însămi în fiecare zi. Dragostea ta e reperul care îmi înfrumusețează existența...

Mulțumiri

Îți mulțumesc și ție, Adriana, pentru minunata recenzie, dar și pentru felul unic în care m-ai făcut să îmi percep propria carte.

Nu în ultimul rând, vă mulțumesc vouă, cititorilor, pentru că îmi oferiți o parte din timpul vostru pentru a lectura această carte, care a început să se formeze în mintea mea în urma unui vis pe care l-am avut în perioada când eram în liceu. Astfel, am început să lucrez la această carte, nuanțând-o câțiva ani mai târziu. Sper ca această poveste de dragoste să vă facă să zâmbiți și să aducă speranța în inimile voastre.

Cu drag,

Lorena Lenn

Când trecutul revine / *Lorena Lenn*
Timişoara: Stylished 2018
ISBN: 978-606-94540-9-1

Editura STYLISHED
Timişoara, Judeţul Timiş
Calea Martirilor 1989, nr. 51/27
Tel.: (+40)727.07.49.48
www.stylishedbooks.ro

Corectură, redactare şi restilizare: Oana Călin

Editarea grafică a fost realizată în parteneriat cu

BADesign Studio

www.badesign.ro

Tipar: Artprint Bucureşti